只差一點就能碰觸到彼此的距離。

其實早已發現…

東京 Summer Session

原案／HoneyWorks　作者／香坂茉里　插圖／ヤマコ

Kadokawa Fantastic Novels
告白預演系列 13
東京
Summer Session
原案／HoneyWorks
作者／香坂茉里
插圖／ヤマコ

CONTENTS [目錄]

內頁插圖／島陰涙亞

想傳達給你的訊息
Haruki
Miou

想傳達給你的訊息

在窗簾緊掩的某個公寓房間裡，春輝一邊盯著電腦螢幕，一邊將手伸向馬克杯。將杯緣湊近嘴邊時，他才發現裡頭已經沒有咖啡了。嫌起身走到廚房太麻煩，他嘆了一口氣，將杯子放回桌上。

這時，春輝發現有人從旁為他的馬克杯注入咖啡，不禁有些吃驚地轉頭。手中握著散發咖啡熱氣和香氣四溢的咖啡壺的，是艾瑞克·格林。

個子比春輝還高的艾瑞克，有著一頭自然捲的褐色短髮。臉上那副橢圓形鏡框的眼鏡也很適合他。

已經從高中畢業兩年的春輝，目前在美國專攻電影的學校留學。艾瑞克則是跟他念同一間學校的朋友兼室友。

「我剛才有敲門，但你好像沒聽到。」

他輕輕聳肩為自己辯解。

「啊，不……抱歉。我剛剛在想事情。」

說著，春輝拿起自己的馬克杯。

艾瑞克泡的咖啡總是特別濃，只要啜一口，苦味就會在口中擴散開來。

感覺無法繼續專注在作業上後，春輝吐出一口氣，靠在後方的椅背上。

「你悶在房裡的時間太長了啦，春輝。偶爾外出轉換一下心情如何？」

艾瑞克靠在電腦桌上，朝春輝正操作到一半的電腦螢幕瞄了一眼。

「我想等做到一個段落再說。」

雖然嘴上這麼說，但他手上正在進行的作業，這兩小時幾乎沒有半點進展。

學校要求大家製作一支完整的短片，並在下個星期提交，但春輝老是做不出自己想要的成果。老實說，他現在可說是陷入了瓶頸。

已經在這棟公寓跟春輝當了兩年室友的艾瑞克，想必也看穿他的現狀了吧。

艾瑞克緩緩將咖啡壺裡剩餘的咖啡注入杯中，像是在斟酌自己的用字遣詞那樣沉默了半晌。沒有馬上離開房間，或許代表他有什麼話想對春輝說吧。

隨後，艾瑞克抬起頭望向春輝。

「難道你還很在意老師說的那句話嗎？」

「也不是這樣……」

春輝將視線移向馬克杯上，輕聲這麼回應。

「春輝，你有時太堅持己見了。適時配合周遭其他人的步調，也是一種不可或缺的能力喔。」

想起講師在討論會上對自己說的這句話，春輝不禁露出苦澀的表情。

（這種事情我也知道啊……）

春輝認為，若是想要打造出自己也認同的作品，就不能夠妥協。因為關於自己想要表現出來的東西，他總是有著百分之百的自信。然而，這樣的自信卻在最近時常出現動搖。

現在也是如此。在拍攝當下明明認為「這是最完美的」，但之後重新審視影片內容時，他卻只覺得糟糕透頂，完全不是自己所想的那種感覺。愈是試著加工剪輯，影片就愈是偏離自己的想像，變得更加慘不忍睹。而這樣的情況一再上演。

（這果然……就是所謂的低潮期吧？）

儘管一直逃避正視這樣的事實，但現在，春輝恐怕也不得不承認了。他是最清楚自己低迷現況的人。

眉頭深鎖的他，在察覺到來自一旁的視線後轉頭。

筆直盯著他的艾瑞克，輕輕搖晃手中的咖啡壺詢問：「要再來一杯嗎？」

「不，不用了。」

輕輕揮手回絕後，春輝放下馬克杯，將雙手在後腦勺交握。

「我可能還是沒有這方面的天分吧……」

他不禁傾吐出這樣的喪氣話。

還是個高中生的時候，春輝壓根沒想過這樣的事情。因為，就算不思考這個問題，只要順著自己的想法一頭栽進去製作，他就能夠完成「還算不錯」的作品。

傾注所有的時間和精力、同時不做任何妥協的話，必定就可以打造出能讓自己認同的作品。春輝過去對此堅信不移。實際上，他也覺得跟優、蒼太等電影社伙伴一起完成的作品，都有著一定的水準。

「天生是個凡人的我，倒是覺得能夠相信自己有天分，就已經很厲害了呢。即使只有一瞬間這麼認為也一樣。」

聽到艾瑞克半開玩笑地這麼說，春輝對他投以沒好氣的視線。

（你哪裡算凡人了啊……）

和以成為電影導演為目標的春輝不同，艾瑞克是劇本系的學生。在過去的求學階段，他所撰寫的劇本便已經多次獲獎，現在也是學校裡備受矚目的存在。實際上，之前閱讀艾瑞克所寫的劇本時，春輝也感受到了相當大的震撼。

那是在開學還不到一個月時發生的事情。那時的春輝還不知道艾瑞克這號人物，也不曾見過他。某天，講師遞給他一份艾瑞克撰寫的劇本，表示「我想聽聽你的感想」。讀完這份劇本的春輝，隨即在當天造訪了劇本系的班級教室。他想親自會會能寫出這種劇本的人物。

之後，春輝和艾瑞克一拍即合，成了像現在這樣住在同一間公寓套房的室友。不過，說得正確一點，應該是艾瑞克老愛來這裡串門子，結果不知不覺就住下來了才對——

「看過你之前在大賽中獲獎的作品後，我整個人彷彿被閃電擊中那樣大受震撼呢。原來這個世上有這麼厲害的人啊……你怎麼可能會沒有天分呢。」

「不然，大概是我的天分枯竭了吧。」

春輝忍不住這麼自嘲。他以撐在桌面上的手托腮，繼續進行影片編輯的作業。

此刻，就算勉強自己開口，他恐怕也說不出什麼積極正面的話。

（這個世上，有天分的人多到俯拾皆是啊……）

現在，圍繞在春輝身邊的，全都是天資聰穎、同時也和他擁有相同夢想的伙伴。跟他們一起進修，能為自己帶來正面刺激，也能學到很多東西。他之所以會決定前來美國留學，也是因為渴望置身於這樣的環境之中。

對春輝來說，這裡應當是他夢寐以求的地方才對。

但實際上，他所注意到的，卻盡是自己的不成熟之處、狹隘的視野、不夠充足的技術和能力，內心的焦躁感也因此一天比一天來得強烈。

（這麼說來，高三的時候，早坂好像也為了同樣的事情煩惱過啊……）

為了報考美術大學，那時燈里每天都在學校練習素描到很晚的時間。看到她在美術教室裡突然哭出來，春輝嚇了一大跳，也不知道該怎麼回答她向自己提出來的那個問題。

到現在，春輝覺得似乎能理解燈里那時說自己「害怕」追逐夢想的心情了。

「說這種話，真不像平時那個對自己信心滿滿的你耶。倘若你是真心這麼覺得，就代表你現在已經意志消沉到某種程度了，應該馬上去床上躺著才對。」

艾瑞克指著幾乎被春輝當成擺飾的床鋪這麼說。

「我也沒有對自己信心滿滿好嗎……」

單純是因為身邊的人不知為何總是這麼評價他而已。

（只是一味迷惘，也無法讓電影完成啊……）

必須做出決定的時候，就視當下的情況做出決定。不過是這麼一回事罷了。下決定的時候，春輝並非完全沒有迷惘。不，反而應該說他其實迷惘得不得了。他只是沒有把這樣的迷惘說出口罷了。

（美櫻的事情也是……）

即使過了兩年，這至今仍是一個讓春輝掛念的問題。到了現在，他仍不明白當初究竟該怎麼做，才是最正確的。

（明明不管怎麼做，都沒有任何意義啊……）

春輝將視線往下，悄悄嘆了一口氣。

浮現在腦海中的，是美櫻燦爛的笑容。儘管不願讓她哭泣，到最後，他還是害她掉下了眼淚。至今，這種鈍重的痛楚，仍殘留在春輝的內心深處。

這明明是讓他不惜拋下最珍貴的東西，也渴望追逐的夢想才對——

「我認為，現在的你所需要的，是休息、轉換心情、美味的食物，還有……一個迷人的女朋友喔。」

「最後那個是多餘的。不過……我承認前三個我都需要。」

「對了，羅伊家晚點會舉辦披薩派對，他有找我們一起參加，你要過去嗎？」

「不，我還是不去的好。要是去了，感覺今天絕對回不來呢。」

「那麼，如果披薩有剩，我再幫你帶回來吧。」

笑著這麼說之後，艾瑞克拍了拍春輝的肩膀，留下咖啡壺走出房間。

聽到他關上門的聲音後，春輝將馬克杯湊近嘴邊。放下杯子時，他的視線移向擱在雜誌和書籍堆上方的一台老舊照相機。

覺得那台照相機彷彿在叮嚀自己振作一點，他忍不住輕喃了一句：「我知道啦……」

「咲哥絕對會笑我是『井底之蛙』吧……」

回想起哥哥的同班同學，同時也是自己高中時期的班導，還兼任電影社顧問的明智咲的臉龐，春輝不禁苦笑。

就算不停說喪氣話，也無法解決任何問題。

畢竟這是自己所選擇的「最恰當」的道路——

在三月初某個晴朗的日子，春輝一早就和同組的伙伴們來到一座公園。帶著攝影器材前來的他們，今天一整天預計都會在這裡拍攝之後要提交的短片。

因為是非假日，公園裡的人並不多。大概都是帶著孩子來散步的父母，或是來慢跑的銀髮族夫婦。

到了中午休息時間，大家各自坐下來享用午餐，春輝則是一個人走向粉色花瓣紛落的櫻花樹下方。

兩年前，第一次來到這座城市時，春輝才知道原來美國也看得到櫻花。瞥見在街角盛開的櫻花時，光是這樣，便讓他對這個陌生的城市湧現熟悉的感覺。

學校裡種的櫻花是很淺的粉紅色。淺到幾近透明。這個城市裡的櫻花，則是更為鮮豔吸睛的色澤。不過，就算這樣，也確實是櫻花。

春輝以手接住緩緩落下的花瓣。

（不知道美櫻現在在做什麼……）

察覺到自己每年都在思考同一件事後，春輝不禁苦笑。

這時，坐在長椅上的其他組員七嘴八舌地出聲呼喚。

「春輝～已經幫你倒好咖啡嘍～」

「嗚哇，這三明治看起來超好吃～是哪家店買的啊？」

「沒禮貌！當然是我們親手做的呀！」

「啊～那我還是吃這邊的炸雞就好了。」

「那三明治你都不准吃！」

「開玩笑的、開玩笑的啦！」

眾人開心地笑鬧著。

被一群好伙伴包圍的他，每天都過著熱鬧不已的生活。跟大家在一起，也讓春輝覺得很開心。

（可是，為什麼呢……）

總覺得胸口深處無法湧現熱情。

並不是因為拍電影很無趣。

只是因為他摸索不到自己想拍的東西。

（果然是因為我太過堅持了嗎……）

講師的那句話，或許也有一番道理。

他輕輕握住掌心裡的花瓣。

愈是認真努力，開心的感覺卻距離自己愈遙遠。這是為什麼呢？還在念高中的時候，他明明覺得自己能夠隨心所欲拍出想拍的東西。但現在，他卻覺得前行之路變得愈來愈狹隘。

（我是想拍出什麼樣的東西，才會選擇走上這條路呢……）

現在的自己究竟想拍攝什麼樣的作品？

想將什麼樣的想法注入作品之中？

春輝反覆思考著這些。

他總覺得自己彷彿一直在原地打轉。

他找不到出口。真要說起來，出口是存在的嗎——

「春輝～！」

聽到這個開朗的呼喚聲，春輝抬起頭來，看到一個綁著馬尾的女孩——安希・奧爾森朝自己揮手。她是數位多媒體設計系的學生，目標是成為一名ＣＧ動畫師。在她身旁的艾瑞克則是正在用咖啡壺倒咖啡。

春輝輕喃一句：「唉，再想下去也沒有用吧。」說完便轉過身。

他攤開掌心，裡頭的花瓣乘著風飄往他處。

看著花瓣往馬路的方向飛去後，春輝像是為了轉換心情那樣吐出一口氣。

「這是你那一份三明治！啊，是我做的喔！」

以充滿自信的語氣這麼表示後，安希又說了一聲：「給你。」然後朝春輝遞出用包裝紙包著的三明治。

「謝啦～」

其他伙伴一邊站著大啖三明治，一邊有說有笑。

「這個三明治裡頭只有蔬菜嘛！」

聽到其他男生不滿的發言，安希將雙手扠在腰間，怒瞪著對方質問：「怎麼，你有意見嗎？」

「沒事……這些蔬菜跟麵包超美味的。」

看到抗議的男生怯怯地這麼回應，眾人「啊哈哈！」地笑成一片。

春輝打開一半的包裝紙。

（還真的……都是蔬菜呢。）

夾在軟法麵包裡頭的，是番茄、小黃瓜、萵苣和洋蔥。咬下一口之後，醬汁甜甜辣辣的滋味在口中擴散開來。

發現安希的一雙眼睛直直望著自己後，「嗯？」春輝不解地看向她。

「味道……怎麼樣？」

安希探出上半身，以極其認真的表情這麼問道。

「呃……我覺得很好吃……」

聽到他的回答，安希將手按上胸口表示：「太好了～！」臉上也浮現笑容。

「之前那個青醬三明治也很好吃。」

「真的嗎？哪個比較好吃？啊，我是問你個人的感想喔。」

「嗯……這個吧。」

春輝看著咬了一口的三明治這麼回答，結果安希突然彈了一下手指，然後喃喃說了一句：「我就知道～」

「安希，妳對三明治這麼講究啊？」

聽到春輝這句話，在一旁倒咖啡的艾瑞克發出了「咕噗！」的怪聲，像是吃東西噎到似的。

「不對吧～春輝？」

艾瑞克一邊伸手猛拍春輝的背，一邊笑到快要嗆到的程度。春輝則是一頭霧水地反問：「什麼啊？」

（我應該沒說錯什麼吧？）

「安希～別這麼沮喪啦。畢竟春輝的腦裡只有電影而已啊。要問我的意見的話，我覺得夾了橄欖、用檸檬調味的那款三明治最棒嘍。」

艾瑞克攬著春輝的肩頭這麼笑道。

「我沒有要問你的喜好啦，艾瑞克！還有，要是太多嘴，我會跟你絕交喔！」

「啊……這就嚴重了。我得多加注意，避免自己說溜嘴才行。」

「很聰明的決定。這都是為了你好喔！」

說著，安希別過臉，朝其他女孩子的小圈圈走去。

從她望著春輝所在的方向聳肩的態度看來，大概是在跟其他人談論他的事情吧。周遭的女孩子不時發出輕笑聲。

「……怎麼搞的啊？」

「這代表你雖然很懂電影，卻對自己的事一無所知啊。」

語畢，艾瑞克說了一句：「給你。」然後遞來一杯咖啡。

「我不懂你的意思啦。不是在講三明治的事嗎？」

「嗯，可以說是這樣，但又不是這樣呢。」

露齒燦笑後，艾瑞克拿起自己的杯子湊近嘴邊。

到了下午，攝影工作仍持續進行。接下來是要拍攝男女主角在池畔起爭執的場景。

春輝蹲在攝影機旁，專注凝視著眼前的光景。

女子哭著甩了青年一耳光。同一瞬間，一陣強風吹來，讓樹梢的櫻花一口氣如雪花般飄落。這一幕讓春輝瞪大雙眼，隨即開口大喊：「卡！」

✦

在拍攝告一段落後，他們返回學校把器材收拾完畢，再踏出校門時，已經過了晚上九點。傍晚時下起了雨，柏油路上形成的水坑，倒映出來自一旁店家的燈光，以及紅綠燈的光芒。

在艾瑞克的提議下，春輝跟他一起踏進位於公寓附近的一間速食店裡。播放著廣播節目的店內，幾乎不見其他客人。

看到春輝趴倒在靠窗座位的桌面上後，艾瑞克一臉無奈地問道：

「你幹嘛垂頭喪氣的？不是拍到超完美的一幕了嗎？」

「就是因為拍到了啊……」

這麼回應後，春輝懶洋洋地抬起頭。

「要謙虛也該有點限度喔。不然可能讓別人反感呢。」

「不是這樣啦。如果原本就計畫要拍那樣的場景，最後也順利拍到的話，就沒什麼好

沮喪的。可是，那只是巧合而已啊……」

兩人所說的，是在下午攝影時拍到的那一幕——男女主角起爭執的時候，突然一陣強風吹落了櫻花雨，讓他們吃驚地轉過頭來。當然，這一幕並不在春輝原先預定要拍攝的劇本裡。

「巧合跟運氣，不都是實力的一部分嗎？」

艾瑞克捻起一根薯條，將它沾上大量番茄醬後送入口中。

（我不是這個意思啦……）

春輝嘆了一口氣，將手伸向咖啡杯。

他完全沒有食慾，所以只點了這個。

明明應該將所有注意力放在攝影上的時候，他卻在思考別的事情。所以，最後雖然拍到了十分理想的一幕，他卻無法打從心底感到高興。因為當下的自己「什麼都沒在做」。

看到春輝緊皺著眉頭不發一語，艾瑞克以過去從未有過的認真語氣開口道：「噯，春輝……」

「你到底為了什麼這麼苦惱？」

「要是能搞清楚這一點，我也會比較輕鬆吧。」

春輝以單手托腮，輕輕搖晃著杯中的咖啡這麼說道。

艾瑞克輕聲表示：「看來……挺嚴重的喔。」

兩人的對話就此中斷，春輝將視線移往窗外。

每當有車輛疾駛而過，窗上的雨水痕跡就會被車頭燈打亮。

感覺雨聲似乎沒有方才那麼劇烈了。

「……我想，我大概是落下了什麼吧。」

還在念高中時，那些讓自己加倍珍惜的事物。春輝總覺得自己離開的時候，似乎把它們全都忘在那裡了。

包括自己原本應該一直在追逐的「夢想」——

他陰鬱的表情朦朧地倒映在玻璃窗上。

「我老哥很喜歡看電影……」

回過神來的時候，春輝發現自己已經超越了哥哥的年齡。

一直都是這樣。

跟重視的人相處的時光，總會被攔腰斬斷。

宛如被收錄在一支膠卷裡頭的電影。
開始播放片尾名單後，就不會再有後續。
「我……或許是想做出在那之後的東西吧。」
一個不會結束的故事——

艾瑞克沒有答腔，只是默默聽著春輝幾乎被雨聲掩蓋過去的低語。
因為難以忍受這片沉默，春輝露出苦笑含糊帶過。
「不過，在這個世上，無可奈何的事情原本就多到不行嘛。」
「春輝……」
以認真的神情開口呼喚後，艾瑞克一邊斟酌自己的用詞，一邊以「在我看來……」接著往下說。
「你現在需要的，果然還是……一個迷人的女朋友喔。」
（為什麼會是這種結論啦……）
春輝無力地「唉～」了一聲。他原本期待聽到的，是一個更有建設性的建議。
「需要我介紹的話，你隨時都可以開口喔。我有理想的人選可以推薦。例如最適合你的……可以做出美味三明治的女孩子。」

「如果你是指安希，她可會生氣喔～她不是叫你不要多嘴嗎？」

「我這張嘴就是為了多嘴而存在的啊。」

露出壞心眼的笑容後，艾瑞克將裝著薯條的盤子推向春輝，詢問：「要吃一點嗎？」

「說真的，你沒打算找個人交往嗎？」

「很不巧的，沒有。」

春輝直截了當地這麼回應，然後捻起薯條送進口中。

已經冷掉又灑了過多鹽巴的薯條，實在很難稱得上美味。他啜了一口咖啡，將這樣的薯條沖進胃裡。

「那真是太可惜了……在某個地方，想必有女孩子會為此哭泣呢。」

「……我現在還有其他得做的事情。」

「我是覺得就算有女朋友，一樣能成為電影導演啦。品嚐愛情的滋味，也是一種人生體驗啊。」

以「你太雞婆啦」回應後，春輝從座位上起身。

「怎麼，你要回去了嗎？外面還在下大雨耶。」

「我去買個漢堡回來。」

「如果你能夠替傾聽自己煩惱的親切友人，順便買一個蘋果派回來的話，我會很開心喔。」

輕輕舉起一支手回應後，春輝便走向點餐櫃檯。

星期六下午，美櫻來到商店街的繪畫教室幫忙。還在念高中的時候，在社團顧問老師的建議下，她開始到繪畫教室擔任志工小老師。在上大學之後，她依舊持續這樣的習慣。她之所以會湧現「想從事教導別人的工作」這種想法，也是因為這樣的志工體驗。在高中時期加入的美術社，對美櫻來說是個很特別的地方。因為她在那裡遇見了自己的摯友早坂燈里和榎本夏樹。

要是沒有這兩人，美櫻恐怕就不會像現在這樣繼續畫畫了。自己大概只會停留在對畫畫有興趣，偶爾會提筆作畫的程度，還不至於湧現想成為「美術」教師，並為此報考相關執照的想法。

燈里目前在美術大學繼續學畫。打從高中的時候，她就格外有天賦，也曾在美術展上得過好幾次獎。

熱愛動漫的夏樹，曾為了升學或就業的問題猶豫了好一陣子，最後選擇進入專科學校就讀。

高中畢業後，已經過了兩年的時間。三人雖然不像以前那樣頻繁見面，但平常還是會互傳訊息，只要時間兜得上，也會一起去喝咖啡或是逛街購物，像這樣繼續維持聯絡。

雖然在大學裡也認識了新朋友，但美櫻覺得她和燈里、夏樹的情誼果然還是比較特別。或許是因為在念高中的那三年，她和這兩人共同經歷了許多事情，也在彼此最煎熬的時候互相鼓勵扶持過吧。

回想起來，那三年真的是極其充實的時光。

繪畫教室每次的課程都是一小時。

會來上課的多半是小學生，或是住在附近的年長者。

這陣子以來，有些在商店街開店的人，也會趁著閒暇時間過來這裡學畫，所以教室裡頭總是座無虛席的狀態。

學生們將椅子挪動到自己喜歡的位置上後，便開始用水彩、壓克力顏料或蠟筆在畫紙和畫布上作畫。

有些人一邊動筆、一邊和周遭的人開心談笑，有些人則是帶著一臉嚴肅的表情專心作畫。

過了三十分鐘後，有些孩子坐不住了，開始拿著筆嬉鬧起來。

「啊～老師，石野同學又開始搗蛋了～！」

「妳還不是一直在聊天！」

「人家才沒有～！」

「妳什麼都沒畫嘛！美櫻要大發雷霆嘍～！」

小男孩握著手中沾濕的畫筆，用力朝坐在旁邊的小女孩一揮。沾有顏料的水滴飛濺出來，小女孩發出「呀啊～！」的尖叫聲，整個人從椅子上彈起來。

「美櫻老師～石野同學欺負人！」

教室裡頭一下子變得吵吵鬧鬧起來，大人們不禁笑道：「又開始啦。」

「老師～孩子們在呼喚妳喔。」

聽到這樣的提醒，原本在指導其他學生的美櫻，連忙趕到孩子們的身邊。

「啊～！人家的衣服弄髒了啦。你要怎麼賠我啊！」

「傳單上不是說『請穿著弄髒也無所謂的衣服過來』嗎～誰教妳要穿得漂漂亮亮的來啊。」

看到起爭執的兩人，美櫻連忙介入他們之間。

「好了，到此為止嘍！」

「嗚哇！美櫻來了！」

面對小男孩一副像是看到怪獸出現的反應，美櫻以手扠腰，重重嘆了一口氣。

「石野，你再不收斂一點，老師今天真的會生氣喲。」

美櫻以強硬的語氣這麼告誡後，「什麼嘛！」石野和樹一臉不滿地反抗道。

「為什麼就只有我被罵啊。女生她們也一直在聊天耶。」

「由美，妳們也是。不要只顧著聊天，專心畫畫吧。」

美櫻轉身勸導坐在她身後的女孩們，後者有些不情願地回應她：「是～」

「石野，你還沒回答老師喔。」

「我以後不會再來這個繪畫教室了！」

鬧起彆扭來的石野，以雙手抱胸別過臉去。

（真傷腦筋耶……）

美櫻嘆了一口氣，接著望向石野的畫紙。

看到描繪在上頭的鸚鵡，她不禁輕輕「啊！」了一聲。

這幅畫美得完全不像是出自於小學四年級的孩子之手。不僅上色的方式很細膩，羽毛的漸層色澤也很吸睛。畫的應該是石野家裡頭飼養的鸚鵡吧。美櫻之前有聽他提過。

「好棒喔。原來你已經畫完了呀。」

聽到美櫻吃驚地詢問，石野以不悅的表情回應：「我才不需要妳來教我畫畫呢！」

「這個嘛……嗯，或許是這樣沒錯呢。」

美櫻露出微笑。

（他一定很喜歡畫畫吧。）

若非如此，不可能畫出技巧這麼純熟的作品。

「這樣的話，那就拜託石野老師在旁邊畫上能搭配這幅畫的花朵吧？」

石野似乎也不討厭這樣被人誇獎。看到他默默地再次開始動筆後，美櫻和女孩們彼此交換了視線，然後一起竊笑。

繪畫課結束後，學生們向美櫻道謝：「謝謝老師。」然後離開教室。

看著大家離去時，一名還在就讀小學的女孩喚了一聲「美櫻老師」，並朝她走近。

個子比其他小朋友來得高挑的這個女孩，名為荒川百合。在美櫻還是高中生時，便會固定來繪畫教室報到。

「老師。從下個月開始，我就是國中生了喔。」

看到她喜孜孜地這麼向自己報告，「啊，這樣呀？」美櫻圓瞪雙眼表示。

「恭喜妳！新生活感覺很令人期待呢。」

聽到美櫻這麼說，「嗯！」百合笑著點頭回應。

「等到升上國中，我打算加入美術社。」

「這樣啊。我覺得這個主意很不錯喔。我以前也加入了美術社，在那裡度過一段很開心的時光呢。」

「會不會很辛苦？我能應付得來嗎？」

「不要緊的。美術社的社團活動，就跟來這個繪畫教室做的事情差不多。」

「原來是這樣！那一定不會有問題的。謝謝妳，美櫻老師。啊，就算升上國中，我還是會繼續來這裡學畫畫喔！」

百合揮手以「拜拜！」向美櫻道別，接著便揹上裝有繪畫工具的包包推開大門。

在她離開後，教室裡頭恢復了靜謐。

其他學生也都已經回去了。

（是嗎，她要升上國中了呀……）

時間一直都在不知不覺中流逝著。

自言自語了一句「接下來……」之後，美櫻挽起上衣的衣袖。

她走到教室一角的洗手台，開始清洗調色盤和洗筆的水桶。

透過玻璃窗，可以窺見外頭商店街的景象。享受購物樂趣的人們在路上來來往往。

或許因為今天剛好是白色情人節吧，商店街的柱子上綁著大量的心型氣球，有藍色的、也有白色。

商店街的各大店鋪，也都配合這樣的節日祭出各項優惠活動。

到了四月，這裡會為了櫻花祭而設置裝飾用的紙罩蠟燈，讓商店街染上一片粉櫻色。

河畔成排的櫻花樹，算是這裡小有名氣的一個景點。每年都會舉辦小型演唱會，或是出現像廟會那樣的熱鬧路邊攤。

到了這個時期，美櫻在心情變得雀躍的同時，也總會感到幾分落寞。這或許是因為她無論如何都會回想起芹澤春輝的事吧。

高中畢業後，他們倆就斷了聯繫。傳給彼此的最後一則訊息，也停留在高中畢業典禮那一天。

自從那天以來，兩人的時間就靜止了。每過一年，美櫻便忍不住湧現「兩人的時間是否有可能再次開始轉動」的想法。

盯著從水桶裡不斷溢出的水發呆時，從圍裙口袋裡傳來的手機鈴聲，讓美櫻猛然回過神來。

她擦乾手掏出手機，夏樹傳來一如往常開朗而充滿活力的聲音：『啊，美櫻！』

「對不起喔，小夏。我還在繪畫教室整理用具……」

今天，她跟夏樹約好在繪畫教室下課後一起去喝杯咖啡。距離約好的時間還有三十分鐘，所以美櫻以悠哉的速度收拾著，或許是夏樹提前抵達了吧。

『啊啊，沒關係、沒關係。我只是因為人在書店，想跟妳說一聲而已。妳慢慢來無所謂喔！』

「嗯，謝謝妳。再等我一下下喔。」

『ＯＫ～那晚點見嘍！』

結束通話後，美櫻將手機收回口袋裡，匆匆把剩下的用具清洗乾淨。

原本也會一起來的燈里，在昨天傍晚捎來聯絡，表示她因為學校指定的課題還沒做完，所以沒辦法赴約了。無法見到她雖然很可惜，但這恐怕也是無可奈何的吧。

難得有見面的機會，自己卻無法出席，似乎也讓燈里很沮喪。

將水桶裡的髒水倒掉後，美櫻將它跟調色盤一起擺在旁邊的平台上。

「老師～」

聽到這個呼喚聲後，美櫻轉頭，看到在商店街經營花店的石野母親走進教室裡。

或許是趁著空檔過來拜訪吧，她身上還穿著工作用圍裙。

「啊，您好，石野太太。」

美櫻帶著笑臉朝石野太太走近，結果後者一臉愧疚地將雙手合十。

「抱歉喔～老師，我家孩子今天好像又調皮搗蛋了。」

「沒這回事。他有乖乖畫畫呢。」

「這孩子老是坐不住。」

說著，石野太太拉了拉兒子的手表示：「過來呀，你幹嘛躲起來？」

將雙手藏在身後的石野別過臉去，遲遲沒有望向美櫻的方向。

「你不是有東西要拿給老師嗎？」

被母親從背後推了一把之後，他不太情願地朝美櫻走近。

美櫻微微彎下腰。

「你還願意再來這裡畫畫嗎？」

這麼問之後，石野朝她瞄了一眼，接著猛地伸出原本藏在背後的雙手。

他硬塞給美櫻的，是用包裝紙裹起的一朵玫瑰花，粉色的花瓣嫣然綻放。

「他堅持要把這朵花送給妳，怎麼勸都勸不聽呢。說是情人節的回禮。」

語畢，石野太太詢問兒子：「對吧？」並伸出手搓揉他的頭髮。

二月的時候，美櫻親手做了一些杯子蛋糕，發送給來教室上課的學生們。

畢竟不是什麼特別的東西，所以她完全沒期待會收到回禮。

將玫瑰花握在手中的她，忍不住露出微笑。

「好漂亮啊。謝謝你，老師很開心喲。」

看到美櫻蹲低身子、配合自己的視線高度這麼說，臉蛋紅通通的石野露出羞澀笑容。

「美櫻要我來的話，我也是可以過來看妳啦。」

石野一臉得意地這麼說之後，母親的巴掌隨即落在他的腦門上。

「喂！你要稱呼人家『老師』才可以呀。」

「才不要咧～美櫻就是美櫻啊！」

「嗯，要再來看我喔。我等你。」

美櫻笑著起身。結果石野太太又帶著愧疚的表情說了一句：「不好意思喔，老師。」然後朝她鞠躬致意。

美櫻一邊揮手道別，一邊目送石野母子離開教室。

大門關上後，她望向窗外，和母親手牽手的石野蹦蹦跳跳地走著，看起來相當開心。

美櫻輕笑一聲，將玫瑰花湊近自己的臉。

「好香喔……」

淡淡的甜美花香竄入鼻腔。

關上教室大門後，美櫻揹起包包踏出步伐。

走出商店街，來到河畔的人行道上後，可以看見並排在路旁的櫻花樹。迎面吹撫的微風透出暖意。美櫻想起新聞曾報導過今年的櫻花開得比較早的消息。

「那裡也會有櫻花嗎……」

她停下腳步，仰望頭上的櫻花樹這麼輕喃。在樹梢含苞待放的櫻花，自在地隨風搖曳著，從枝椏之間灑落的陽光也燦爛無比。

不知不覺間，季節已經完全進入春天了。

美櫻看著手上以緞帶和透明膠帶包裝起來的那朵玫瑰花，不禁瞇起雙眼。

高中生涯的最後一個情人節，美櫻坐在兩人常一起待著的石頭階梯上等待春輝。書包裡還放著其實沒打算送給他的那塊巧克力。

如果今天能在這裡見到他的話——

美櫻腦中浮現了像是在許願的想法。

她並沒有跟春輝約好在這天見面。這個時期，學校的高三生已經可以自由選擇要不要到校，而春輝也因為忙著準備留學，幾乎不會來學校。

因為這樣，美櫻心裡其實也很清楚春輝不會在這個地方現身。但她還是忍不住懷抱著一絲期望：「說不定……」

（我總是這個樣子呢……）

連踏出一步的勇氣都沒有，只是在內心默默期盼。

坐在石階上的美櫻，獨自眺望著橘紅色夕陽緩緩沒入大廈後方的景色。

主動聯絡的話，春輝說不定就會過來了。

儘管這麼想，握著手機的雙手，卻沒有輸入半個字。

她回想起那天落在臉頰上的雪花的冰冷觸感。

來見我好嗎——

如果能這樣傳達給他就好了。

即使兩人的故事無法因此走向不同的結局也無妨。

美櫻走在河畔的人行道上，朝車站附近新開的一間書店前進。

她在半路先發送「我現在要過去了」的訊息，抵達書店時，夏樹已經在店外等著她。

「抱歉，小夏，讓妳久等了。」

「別在意、別在意。我也買了不少東西呢。」

說著，夏樹向美櫻展示自己手中的紙袋。裡頭裝著漫畫單行本。

「妳買了好多呀。」

「因為打工的薪水發下來了~我忍不住就買了一堆想要的書呢！」

語畢，發現美櫻手中玫瑰花的夏樹露出「咦？」的表情。

「妳這朵玫瑰花是？」

「別人送我的白色情人節回禮。」

美櫻笑瞇瞇地答道。

「咦！白色情人節？美櫻，你有送誰情人節巧克力嗎？」

「嗯。但我是送自己做的杯子蛋糕就是了。」

「自己做的！杯子蛋糕！」

表現出極度誇張的吃驚反應後，夏樹隨即又皺眉露出嚴肅的表情。

「美櫻……那個……我順便問一下，對方……是男孩子對吧？」

「嗯，是個很優秀的男孩子喲。」

「他是誰啊！是怎麼樣的人？」

「這個嘛……祕密。」

看到美櫻微微偏過頭這麼回答，夏樹瞪大雙眼，手中的紙袋也差點掉到地上。

並肩走了片刻後，兩人踏進燈里推薦的一間咖啡廳裡。這間不起眼的咖啡廳座落於小巷子的一角，因此即使在星期六午後，也不至於擁擠到沒有座位。

選擇在戶外的座位就座後，店員隨即送上兩人點的拿鐵咖啡。

「妳還有繼續在繪畫教室當志工啊，美櫻？」

「嗯。當志工很開心，而且我也能從中學到不少東西。」

「妳好努力喔～不會很辛苦嗎？」

「還不至於啦。那妳呢，小夏？」

夏樹就讀的是兩年制的專科學校，因此會在今年三月畢業。

「這個就別問了……」

說著，夏樹咚一聲將額頭貼上桌面。

「難道……妳還沒……？」

有些顧慮地這麼詢問後，夏樹以幾乎要哭出來的嗓音回應：「就是還沒啊～！」

目前最讓夏樹苦惱的問題，是畢業後的職涯規劃。

「兩年未免也太短了吧？感覺才剛入學沒多久就要畢業了耶！怎麼可能在這麼短的期間內決定好未來的出路嘛！」

看到夏樹抱頭哀嚎的模樣，美櫻跟著露出傷腦筋的表情回應：「說得也是呢。」

「對了。妳去年夏天參加的漫畫大賽，結果怎麼樣了？」

「通過二審之後，就被刷掉了……」

「能通過二審，就已經很厲害了呀。」

「但只有二審的話，就沒有獎金可以拿呢。也沒辦法出道啊！」

夏樹抬起頭，雙手握拳，表情看起來也很不甘心。接著，她垂下頭沮喪地表示：「我原本還滿有自信的呢～」

「不要緊的，小夏。妳一定能成功。」

「妳真的這麼認為嗎？」

「嗯。因為妳是遇上關鍵時刻，就能全力以赴的類型。」

美櫻這番話，並非純粹是安慰而已。

夏樹真的擁有這樣的幸運體質。

「要試著帶作品去出版社毛遂自薦嗎……」

嘆了一口氣之後，夏樹以手托腮這麼喃喃說道。

「聽起來不錯呀。而且還能請編輯給妳建議。」

「可是，實在很不甘心耶～」

「妳是指比賽的事？」

「那個也有啦。但除此之外，我還有種被望太拋在後頭的感覺。」

「噢，妳說望月同學呀。」

還是高中生的時候，蒼太便參加過以學生為對象的小說比賽，並順利得獎。聽聞這個消息時，美櫻著實吃了一驚。因為她是第一次聽說蒼太報名了那個小說比賽。春輝和優似乎也不知情。

在那之後，進入大學就讀的蒼太，仍經常用自己的作品報名小說比賽。上個月，某本雜誌也刊登了他所撰寫的短篇小說。

夏樹和蒼太的目標，分別是漫畫家和小說家。儘管不同領域，但同樣都是在出版業界打滾的工作。雖然算不上勁敵，但至少也是身邊令人在意的競爭對手。

「我也想過進入設計公司工作。可是，我果然還是比較想畫漫畫呢。」

「嗯，我也喜歡小夏妳的作品喔。妳之前拿給我看的那篇愛情漫畫也很棒……」

「真的嗎！妳真的這麼覺得？」

看到夏樹探出上半身一臉認真地這麼問，美櫻點頭「嗯」了一聲。

「妳可以用那部作品去參加比賽吧？」

「唔～可是啊……我總覺得好像還差一步呢。該說是張力不夠嗎……」

夏樹煩惱地囁嚅著，將拿鐵咖啡的杯子湊近嘴邊。

（還差一步……是有什麼不充足的地方嗎？）

美櫻將視線移向自己的咖啡杯，陪夏樹一起思考這個問題。

「例如……關於男方會喜歡上女主角的契機，在漫畫本篇裡加入一段描述前因後果的插曲，妳覺得怎麼樣？」

美櫻將腦中不經意浮現的想法說出口，結果夏樹吃驚得瞪大雙眼。

「就是這個，美櫻！就是這個啊！」

「嗯、嗯……對呀，就是這個呢。」

「美櫻，妳好犀利喔～不過，妳怎麼會知道啊？」

「咦？這是……為什麼呢？」

（是因為我試著思考「換成春輝的話，他會怎麼做」這樣嗎？）

還是高中生的時候，美櫻幾乎每天放學後都會跟春輝一起回家。

那時，兩人的話題總是繞著電影打轉。或許正因為是這樣吧。

看電影的時候，美櫻總忍不住思考：「如果春輝看了這部電影，會湧現什麼樣的感想呢？」

「回家後，我再把分鏡重畫一次看看。總覺得這次一定能完成很棒的作品！」

「加油喲，小夏。」

「好像看見了希望的光芒呢。都是託妳的福喔，美櫻。」

夏樹舉高雙手，露出燦爛的笑容。

午後的氣溫舒適到幾乎讓人閉上眼就能睡著。

「要是燈里今天也能過來就好了……我們三個人上次團聚是什麼時候啊？」

「應該是去年夏天。」

「咦咦～已經是那麼久以前的事了嗎？」

「嗯。不知道她有沒有跟瀨戶口同學或望月同學見面？」

「嗯……我沒聽說耶。雖然我常常會打電話跟傳訊息給他們就是了。聽說望太加入了戲劇社，好像挺忙的樣子。」

「戲劇社？妳說望月同學？他是擔任演員嗎？」

美櫻有些吃驚地問道。印象中，蒼太應該不擅長在人前露臉這種引人注目的事情才是。他的個性雖然不至於內向，但比較容易緊張。

「好像是學姊拜託他撰寫劇本。」

「啊！原來是這樣。」

（這就能理解了呢。）

蒼太想必是沒辦法拒絕對方吧。美櫻可以想像出他一臉困擾的樣子。

「已經沒有機會六個人齊聚一堂了嗎……」

「就是啊……」

大家都已經開始在自己所選擇的那條路上前進。這點夏樹和美櫻也一樣。

更何況，春輝人在遙遠的美國，也不知道什麼時候會回到日本。

從電影學校畢業後，他說不定會直接在當地就業。

未來不可能完全如自己所願。沒有人能夠預料——自己將來會在哪裡做些什麼。

被落寞的氣氛籠罩的兩人，就這樣沉默了片刻。

「要是春輝……可以回來就好了。」

夏樹輕聲開口。

「畢竟很遠呢。」

「他絕對是在耍帥而已啦。說些像是『在夢想實現之前，我不會回日本……』之類的話～」

見到夏樹不滿嘛嘴的模樣，美櫻輕笑出聲。

「他現在應該拍電影拍得很開心吧。」

「是這樣的話就好了……」

「咦？」

美櫻抬起視線，看到夏樹帶著一臉擔心的表情，以手指讓咖啡杯傾斜。

「真的為了什麼沮喪的時候，春輝就會卡在谷底很久呢……」

和夏樹道別後，美櫻在河畔的人行道上慢慢前進。

看到一架飛機橫越被夕陽染成橘紅色的天空，她停下腳步。

飛機尾端在空中拖曳出長長的白色飛機雲。

（美國……很遙遠呢……）

晚風撫過她的髮絲。

美櫻垂下眼簾，將肩上的包包重新揹好之後，再次抬頭望向前方。

美櫻來到位於商店街的美術社，領取自己先前訂購的油畫顏料和畫筆。

到了傍晚，商店街的人潮也變少了一些。這時，美櫻瞥見前方的法式烘焙坊的大門被人推開。

伴隨著一陣清脆的鈴鐺聲響，「感謝您的購買。」店員的聲音也跟著傳來。

「望月同學……」

看到步出店內的人，美櫻不自覺出聲呼喚。

轉過頭來的蒼太，也圓瞪雙眼驚呼了一聲：「合田同學！」

「好巧啊，望月同學。」

「妳一個人嗎，合田同學？是來這裡買東西？」

「我剛才都還在跟小夏喝咖啡呢。燈里今天有事，沒辦法跟我們一起。」

「啊，這樣啊。太好了……」

蒼太以手按上自己的胸口，看似鬆了一口氣似的輕喃。

「？」

「呃，那個……因為要是現在遇到她，我會不太方便……」

蒼太露出有些不自然的笑容，將手中的紙袋打開給美櫻看。

放在袋子裡的，是一個繫上藍色緞帶的白色盒子。

「啊，是白色情人節的……」

說到一半，美櫻連忙以手掩嘴，然後微笑著表示：「原來是這樣呀。」

蒼太方才造訪的那間法式烘焙坊，是燈里的愛店之一。

或許因為今天是「白色情人節優惠活動」的最後一天，店裡看上去擠滿了情侶。

「如果妳能幫忙保密，我會很感激的。」

一張臉變得紅通通的蒼太靦腆地開口。

「不要緊，我不會說出去的。」

「謝謝妳。啊！對了，這個……」

說著，蒼太從紙袋裡取出一塊瑪德蓮蛋糕，將它遞給美櫻。

「不嫌棄的話，請妳收下。」

「可以嗎？」

那是季節限定的櫻花瑪德蓮蛋糕。

「雖然是店員額外送的就是了。」

「不好意思，讓你費心了。」

美櫻接過蛋糕，朝蒼太露出笑容。

「沒這回事。合田同學，妳要去車站嗎？」

「嗯。」

「那我們一起走到半路吧。」

說著，蒼太踏出步伐。美櫻也和他並肩同行。

（感覺好久沒跟望月同學說話了呢……）

成為大學生之後，蒼太又長高了一些，但整個人的感覺並沒有變。

「望月同學，你好像很辛苦？」

「咦？」

「小夏說你加入了戲劇社。」

「噢，嗯。因為學姊拜託我無論如何都要加入，就……」

「社團要用你寫的劇本來表演嗎？」

「大概會是很久以後的事情就是了。不嫌棄的話，請妳也來看我們表演……應該說，我們到時八成得努力分送票，要是妳願意捧場，那就太好了。」

語畢，蒼太看似心情沉重地嘆了一口氣。

「嗯，我會去看的。找小夏她們一起去。」

「合田同學，妳有加入什麼社團嗎？」

「沒有。因為我得去繪畫教室幫忙，而且還有打工當家教。」

「妳還接了家教的打工啊？」

「有機會就會接。我做得很開心呢。」

「因為妳很擅長指導別人嘛。我也好想打工喔……」

「你不是在寫小說嗎，望月同學？還有刊登在雜誌上。」

「只是剛好有機會而已。而且稿費還要好一陣子才會下來……」

蒼太苦笑著回應。

「逐夢……果然是一件很辛苦的事呢。」

美櫻望向自己的腳邊。

「嗯，是沒錯啦……不過，這樣的辛苦很有價值啊。因為是自己想做的事……所以，在全心全意投入的時候，或許能連辛苦的感覺都忘得一乾二淨吧。」

蒼太望向美櫻，以溫柔的笑容這麼回應。

「嗯……」

（說得也是。一定不會有問題的……）

美櫻也回以笑容。

藍色和紅色燈光交互閃爍的窄小展演空間裡，充斥著震耳欲聾的樂團演奏聲、吵鬧的歌聲，以及觀眾們狂歡作樂的聲音。

幾個同組的成員站在靠近舞台的位置，高舉著握拳的雙手，看起來相當投入於台上的表演。但春輝實在沒心情跟大家一起玩鬧，只是倚著牆眺望眼前的景象。

這時，艾瑞克從滿滿的人潮之中擠出來，走到春輝身旁。

「春輝——開心——！」

「啥？」

因為周遭的聲音太過嘈雜，春輝幾乎完全聽不到他說的話。

「我！稍微！去外面一下！」

春輝指著出入口這麼對艾瑞克大喊。後者看似明白他的意思般用力點點頭。

輕拍了艾瑞克的肩膀一下後，春輝便朝出入口走去。

從音量飽和的會場離開後，春輝穿越螢光燈不斷閃爍的狹長走道。站在售票櫃檯後方的男性朝他瞥了一眼，但沒多說什麼。

走出戶外後，帶著濕氣的風迎面撲來。

雨差不多已經停了，但地上的水坑仍不時被零星雨點打出波紋。

呼吸到外頭的空氣而稍微放鬆後，春輝的手機響了起來。

他從口袋裡掏出手機一看，螢幕上顯示著優的名字。接起來之後，隨即傳來聲音：

『春輝，你現在方便嗎？』

「怎麼啦？有什麼急事嗎？」

『不，也不算是急事……你在幹嘛？』

「我跟朋友來聽演唱會。」

『抱歉。那我晚點再打給你好了。』

「不，沒關係啦，我現在剛好從會場走出來。裡頭吵得我頭都痛了。那你在幹嘛？」

『我現在剛回到家。因為夏樹她……』

在優以困擾的語氣這麼表示後，夏樹活力百倍的聲音隨即跟著傳來：『春輝——！』

「原來你們在一起啊。還是老樣子感情很好嘛。」

春輝將手機抵著耳朵，笑著這麼調侃。

夜空中的滿天星斗一閃一閃地發光。

『比起這個，大事不好了啦！』

夏樹高分貝的嗓音再次傳來，讓春輝不由得將手機稍微遠離自己的耳朵。

「夏樹……這是優的手機吧？」

『對啊。因為我用自己的手機打給你的話，你都不會接嘛！』

「啊……嗯……好像是喔。」

（因為也沒什麼特別要說的事啊……）

春輝搔搔頭。就算接起電話，也只會聽到跟優相關的話題。而且他也知道夏樹想說的，多半都是曬恩愛的內容。

『我昨天跟美櫻見面了。』

夏樹這句發言，讓春輝心頭一驚而沉默下來。

「……如果又是妳們一起去吃了鬆餅之類的事，就沒必要特地跟我報告喔～」

『我要出題了。請問昨天是什麼日子呢～？』

「昨天？」

對方是夏樹，所以八成沒有考慮到時差的問題。

三月十四號——

思考了片刻後，春輝回答：「圓周率之日。」

『答錯了～提示！是在某天收到巧克力的男孩子送回禮的日子。』

「是是是，白色情人節對吧？妳從優那裡收到什麼了嗎？新的遊戲機或是遊戲片？」

『就是啊～優記得我最想玩的那款殭屍遊戲呢～！呃，我要說的不是這個啦！』

遠方傳來優沒好氣地提醒『重點不對吧』的聲音。

『美櫻她啊，從男孩子手上……收到了作為白色情人節回禮的玫瑰花耶！』

夏樹像是遭受到強烈震撼般再次提高音量。

「……」

『而且還是一朵超級適合美櫻的粉紅色玫瑰……噯，你有在聽嗎？』

「……」

『情人節的時候，美櫻好像送了自己親手做的杯子蛋糕給對方呢～』

「……」

『我說啊，春輝，你有在聽嗎？喂喂喂——咦，他掛斷了嗎？是不是收訊不好啊？喂喂喂～』

『等等，夏樹……好了啦，放過他吧。』

優帶點同情的嗓音傳來。

『咦～為什麼啊！這種事情要好好跟他說清楚才行啊。』

『不是啦，我是說……換我跟他講吧。』

語畢，通話的對象從夏樹再次變回優。

『抱歉……就是這麼一回事。』

「這也……沒什麼不好的啊。」

這句話差點哽在春輝的喉頭說不出口。

『我猜，應該是夏樹誤會了什麼，所以……你別太在意了。』

「這有什麼好在意的……美櫻有在繪畫教室擔任小老師，八成是去那裡學畫畫的孩子送給她的吧？」

『噢……這樣啊，的確有可能。』

『這麼說來，那天確實是美櫻去繪畫教室幫忙的日子～～！』

夏樹恍然大悟的嗓音從手機另一頭傳來。

（我就知道……）

春輝輕嘆一口氣。

『可是啊，春輝，你偶爾也送點什麼給美櫻嘛！不然你搞不好真的會被她忘記喔！』

看來，這才是夏樹想說的重點。她過度熱心的性格似乎還是沒變。

（不過，她也是在關心我吧……）

總會為朋友著想，是夏樹的優點之一。

『反正，就是這麼一回事啦！春輝，你也好好計畫一下白色情人節的回禮吧！就這樣！』

被夏樹單方面切斷通話，春輝忍不住一臉困惑地望向自己的手機。

「白色情人節的回禮……但我情人節的時候什麼都沒收到耶。」

沒收到禮物，卻要給對方回禮，這樣未免也太奇怪了。

春輝將雙手和手機一起插進連帽上衣的口袋裡。

（話說回來，我從來沒收過美櫻的巧克力呢……）

更不用說什麼親手做的杯子蛋糕了。

春輝忍不住以有些鬧彆扭的語氣輕喃：「什麼啊……」

他並非每年都期待能收到真心巧克力。

就算只是配合節日氣氛而送的東西也無所謂。

（只要能收到美櫻送的東西，我就很開心了啊。）

「這樣的想法……也太自我中心了……」

春輝嘆了口氣，準備返回展演會場時，有人輕喚了一聲：「春輝。」

「安希……」

不知何時佇立在入口大門旁的安希，看似有些心神不寧地移開自己的視線。

「剛才那通電話，是你的朋友打來的嗎？」

「高中時期的朋友。雖然是一通莫名其妙的電話就是了。」

春輝苦笑著回答。

隨後，他打算推開大門入內，但安希仍杵在門口不動。

春輝收回按上門板的那隻手。

「……發生什麼事了嗎？」

「不，沒事。演唱會超棒的。」

「表演應該還沒結束吧？」

「現在是安可曲的時間。不過，感覺不會這麼快就結束呢。可能還會再演唱個十首左右吧？」

安希聳聳肩，半開玩笑地這麼說。

「妳不進去聽到最後嗎？那是妳喜歡的樂團吧。」

「喜歡那個樂團的人是艾瑞克啦。他是超級粉絲呢。我倒也不討厭就是了。你呢，春輝？」

「老實說……我不太懂他們的魅力耶～」

聽著從建築物裡頭傳出來的激烈樂聲，春輝不禁皺起眉頭。

「……那個啊……春輝……」

安希將雙手藏在身後開口。

她的嗓音聽起來有點緊張。

「春輝……你覺得我怎麼樣？」

「我覺得妳很厲害……作業很有效率。妳願意加入這個小組，真的幫了我很大的忙。我很感謝把妳介紹進來的艾瑞克。」

「我不是在問這種事情啦！啊，不過，能被你這樣認同，我當然覺得很開心。雖然很開心……」

說著，安希紅著臉垂下頭，聲音也愈變愈小。

春輝聽著遠方傳來的警車鳴笛聲，沉默地思索自己接下來該說的話。

他還不至於遲鈍到對安希的心意渾然不覺。

他也明白安希此刻尋求的是什麼樣的答案。

（我該說些什麼才好啊……）

他將一隻手從口袋裡抽出來，然後緊緊握拳。

「我……我很喜歡你喔，春輝！」

安希猛地抬起頭，以偏快的說話速度開口告白。

即使站在燈光昏暗的建築物出入口，她滿臉通紅的模樣仍相當明顯。

「不是做為朋友的那種喜歡。這點我想你應該也明白……」

「我……我知道……可是……」

我——

正準備開口時，安希突然打斷他：「不要現在就給我答案！」

「就算現在沒辦法也無所謂。只要你能慢慢喜歡上我的話……」

安希伸手輕敲了一下春輝的胸口，然後緩緩抬起頭，含糊帶過似的笑著說：「就這樣吧。」

隨後，不等春輝回應，安希便輕快地轉身返回展演會場裡。

（我沒能說出半句回應她的話啊……）

返回公寓套房後，春輝整個人癱倒在自己的床上。

「我……說不定對戀愛這種東西完全沒輒呢。」

這麼自言自語的時候，一道聲音傳來：「也沒必要這麼悲觀吧？」

春輝吃驚地從床上彈起身，發現艾瑞克雙手握著馬克杯站在他的床畔。

「因為你的房門沒關，而且如你所見，我兩隻手都握著杯子，所以沒辦法敲門嘍。」

艾瑞克聳肩為自己辯解。

春輝移動到床沿坐著，嘆著氣接下艾瑞克遞過來的杯子。

咖啡香氣緩緩在房間裡擴散開來。

艾瑞克將春輝平常坐的那張附滾輪的椅子拉近自己，在上頭坐下。他將馬克杯湊到嘴邊，一臉若無其事地環顧春輝的房間。

「不管什麼時候，你的房間看起來都……該說是很無趣嗎？」

「你是專程來挑別人房間的毛病嗎？」

「不，其實很有品味啊。感覺彷彿跟你的腦袋裡頭一模一樣呢。」

艾瑞克伸出手，從書架上抽出一片古老的黑白電影ＤＶＤ光碟。

（我房裡確實清一色都是跟電影有關的東西啦……）

在桌面上堆成小山的電影相關資料、原著小說和劇本集，幾乎足以將電腦和鍵盤埋沒了。

陳列在書架上的，是春輝收藏的ＤＶＤ光碟和他至今拍攝的影像檔。他自認已經只留下精挑細選過後的作品，但相關物品還是持續增加。書架上放不下的其他收藏，都被他塞進衣櫃裡頭了。

「就像是喜歡電影的少年專屬的天堂呢。」

艾瑞克看著貼在牆上的海報笑道。

「別管我啦。」

這麼回應後，春輝啜了一口咖啡。

「……你是不是換了咖啡豆？」

「你多心了。」

艾瑞克面不改色地將杯子湊近嘴邊。

「你換了吧？總覺得味道比平常更酸一點。」

「請你說『喝起來有水果風味』吧。」

「為什麼要換啊？我比較喜歡原本那款豆子耶。」

「因為我覺得你現在或許想喝像青春那樣酸甜的飲料啊。」

看到春輝瞪了自己一眼，艾瑞克以「開玩笑的啦」回應。

「是咖啡店的女性店員大力推薦，所以我才想買回來喝喝看。不過……這款豆子喝起來也不賴啊。」

「嗯……是還能喝啦。」

春輝輕輕搖晃杯子幾下，又啜了一口。

艾瑞克盯著ＤＶＤ的外盒，將自己那杯咖啡湊近嘴邊。

「……對了，你決定怎麼回應她的告白了嗎？」

突然被艾瑞克這麼問，春輝險些將咖啡噴出來。

匆匆嚥下口中的咖啡後，他卻又因為嗆到而猛咳起來。

待咳嗽停止後，春輝板起臉孔詢問：「你都聽到了？」

「我可不是刻意要偷聽你們兩個說話喔。因為你走出展演會場之後，我看到安希追了上去。而且，原本我就覺得她應該有打算跟你告白……而今天就是她選擇的日子。」

「你問我的決定……我沒辦法跟她交往啊。」

春輝將視線移向咖啡杯，壓低嗓音回應。

「……她是個好女孩唷，春輝。」

一臉認真地這麼表示後，艾瑞克半開玩笑地補上一句：「而且她做的三明治又很好吃呢。」

聽到這句話，春輝也忍不住笑道：「我知道。」

「更何況，她……很可愛吧？而且很受歡迎。個性開朗，跟她待在一起會覺得很開心呢。」

「這個我也知道。但我現在不是跟誰談戀愛的時候……也沒有心思這麼做。」

再說——

「因為你有其他喜歡的人……是嗎？」

春輝以沉默回應艾瑞克的這句輕喃。

「但你跟對方並沒有在交往吧？你們有在聯絡嗎？」

「……沒有……」

別說是打電話了，這兩年以來，他們甚至不曾互傳訊息。

就算只是寄張明信片問候也好。但春輝就是做不到。

希望她能夠等自己回去——他還無法下定決心將這句話傳達給對方。

他不確定自己什麼時候才會回日本。所以，他無法用這樣的約定束縛她。

春輝很清楚，現在的他並沒有這麼做的資格或權利。

「所以，你跟對方是完全斷了聯繫的狀態嗎……嗳，春輝。兩年的時光並不短喔。」

「我知道……」

「你也變了很多不是嗎？例如，你現在能夠接受之前不敢吃的酸黃瓜了吧？」

「那是你才對吧？我從來沒有不敢吃酸黃瓜喔。」

剛搬進這間公寓裡時，艾瑞克總是會用手指把漢堡裡的酸黃瓜抽掉。

「噢，對啊。因為安希認為漢堡裡絕對少不了酸黃瓜。人的喜好和想法是會一直改變的東西。」

接著，艾瑞克囁嚅了一句：「安希她也……」

他以手指推了推眼鏡，垂下眼簾。

鏡片後方的那雙眼睛，此刻露出些許落寞的感情。

（啊啊，原來如此……我為什麼都沒有察覺到呢？）

春輝忍不住以手扶額，重重嘆了一口氣。

「我說不定真的很遲鈍呢……」

「你現在才發現啊？安希明明那麼積極在向你示好，你卻總是一副狀況外的反應。身為旁觀者，我每次都看得膽戰心驚的耶。感覺就好像被迫閱讀寫得一塌糊塗的愛情電影劇本那樣。」

艾瑞克板著臉孔這麼說。

（為什麼每件事都無法讓人稱心如意呢……）

但關於這點，或許每個人都是一樣的吧。

總是只能和重要的人擦身而過。

春輝嘆了一口氣，然後直直望向艾瑞克。

「寫出一場糊塗的愛情電影劇本的人又是誰啊？」

「我承認我的劇本確實寫得不好啦……不過，重點不在這裡……」

「我不是這個意思。」

聽到春輝開口打斷自己的話，艾瑞克「咦？」了一聲，困惑地眨了眨眼。

「不確實說出口的話，可無法傳達給對方喔，艾瑞克。」

說出這句等於是自打巴掌的發言後，春輝不禁在內心苦笑。

倘若眼前的人是蒼太，想必會一臉沒好氣地吐嘈他：「你有資格說這種話嗎？」

（真的是這樣呢……）

就算告白了，兩人之間的關係也不會因此改變。春輝即將啟程去留學，而且不知何時才會再次回到日本。這樣的他，實在無法說出「請妳和我交往」這種話。

既然無法描繪出兩人的未來，跟對方告白，也只會變成一種用來滿足自己的行為。

這樣的話，還不如不要說出口。

對方一定也能感受到自己這樣的心意——

反覆苦思後，這是身為高中生的他歸納出來的最佳答案。

至今，春輝仍不知道這樣的答案究竟是對還是錯。

「我的心意……沒有什麼太大的意義啦。」

艾瑞克露出含糊帶過的笑容，仰頭飲盡剩下的咖啡。春輝直直盯著這樣的他的臉。

「要是說這種話，你將來絕對會後悔喔……」

「重要的是她幸不幸福。不是嗎？」

「抱歉。但你還是別指望我肩負起讓她幸福的責任吧。」

聽到春輝明確地這麼表態，艾瑞克的視線從馬克杯上抬起。

沉默片刻後，「這樣啊……」他輕喃了一句。

「也是。畢竟你有自己珍惜的對象。」

春輝果斷回應：「嗯，沒錯。」

艾瑞克先是深吸一口氣，然後以一隻手揚起瀏海，再重重吐氣。

他露出一臉像是在說「傷腦筋啊」的表情。

「我猜安希八成會大哭一場。」

「……或許吧。」

「你真的是個很過分的傢伙耶。」

春輝眉頭深鎖，再次以「或許吧」回應艾瑞克。

「所以，你就用自己的力量讓她幸福吧。別把自己珍惜的人丟給別人去負責啊！」

聽到春輝以強硬的語氣這麼表示，艾瑞克的雙眼微微瞪大。

他迷惘的視線落在空的馬克杯上。

「可以的話，我早就這麼做了……但讓她迷戀不已的人並不是我呢。」

又重複了一次「並不是我啊」之後，艾瑞克垂下眼簾。

他的話語中透露出些許不甘的感情。

「就算這樣，支持她跟別人在一起，又有什麼意義？這麼做也無法讓自己的心意得到任何回應啊！」

內心的焦躁，讓春輝忍不住提高音量。

個性圓融的艾瑞克，總是能毫無窒礙地跟每個人交流往來，所以春輝原本還以為他是優那一型的人。然而——

（不……他應該跟望太是同類才對……）

春輝以手扶額，「唉～」地長嘆一聲。

「難道喜歡寫劇本的人，個性也會很相似嗎……？」

忍不住這麼感嘆後，艾瑞克一臉不解地抬起頭望向他。

「沒什麼。我在自言自語。」

春輝輕輕揚起一隻手解釋，然後以「總之……」接著往下說。

「艾瑞克，你剛才也說過吧？人的喜好和想法是會一直改變的東西。所以，在還沒採取任何行動前，別急著斷言自己的心意沒有半點意義。」

「……容我訂正一下。」

說著，艾瑞克筆直望向春輝，微笑著表示：「你真的是個很不錯的朋友。」

「……不用訂正這種事也沒差啦。」

關於自己的我行我素，春輝本人再清楚不過了。

他總是以自己為最優先考量。把「我是為了追逐夢想」這種話當成藉口。

（或許，我只是沒有多餘的心力罷了……）

在參加比賽後順利得獎，前往美國深造的夢想也得以實現後，被這樣的成果沖昏頭的反應，或許超過了春輝本人的想像。此外，他同時也感受到「要是錯過這個機會，可能就沒有下次了」的焦躁感。

那時的他，認定自己只能保有一樣珍惜的事物。

如果能跟她一起尋覓前行之路，他們或許就能踏上不同的未來。

「春輝。」

聽到艾瑞克的呼喚聲，春輝抬起微微往下的視線。

「從今天開始，我要把這個當成自己的主張……」

在這樣的開場白後，他望向春輝，以略為得意的表情繼續往下說。

「不確實說出口的話，就無法傳達給對方。」

隔了半晌後，春輝忍不住笑道：

「那麼，你就先去傳達給安希如何？」

他半開玩笑地這麼表示後，艾瑞克卻意外露出一臉認真的表情回應：「我會的。」

艾瑞克拉開椅子起身，輕輕吐出一口氣。

「你說得沒錯。這不是能丟給別人負責的問題，我必須想辦法自己解決。雖然……我只覺得最後會迎來無比悲慘的結局就是了。」

「未來會變得如何，這種事情，可沒人說得準喔。」

「你也一樣啊。」

艾瑞克帶著微笑筆直望向春輝。

「你的狀況，我覺得永遠不算太遲喔。」

沉默片刻後，春輝瞇起雙眼輕喃：「或許吧。」

艾瑞克伸手輕拍他的肩膀，接著便拿著馬克杯朝房門走去。途中，他像是突然想起什麼似的停下腳步。

「對了，你覺得這個時間，還有花店在營業嗎？」

「這個嘛……翻遍大街小巷的話，或許能找到一間還沒關的吧。」

「那就這麼做吧。」

艾瑞克像是為了掩飾害羞的反應般笑了笑，然後走出春輝的房間。

（他打算現在就付諸行動嗎？）

春輝望向時鐘。現在已經是過了晚上十一點的時間。原本他擔心地想著「沒問題嗎？」最後臉上浮現了笑意。

「事情會變得怎麼樣呢……」

希望那兩人能夠順利發展，是否也算是一種我行我素的想法？

春輝從床上起身，將手伸向堆放在桌上的素描本。

那是美櫻在高中畢業時送給他的，出自美櫻之手的一整本素描作品。

學校風景、兩人經常並肩一起閒聊的那個小山丘、放學回家路上被夕陽染紅的天空、在路旁盛開的不知名花朵。還有在中庭攝影的春輝、優和蒼太三人的身影。

素描本裡頭收錄的，是美櫻將自己每天所見的風景仔細描繪下來的作品。

儘管幾乎都是黑白畫作，翻閱素描本時，浮現在春輝腦中的記憶卻總是鮮明不已。

這樣的記憶，像一段電影那樣在他的腦中播放。

他將艾瑞克方才坐的那張椅子拉近自己，然後在上頭坐下。

艾瑞克說得沒錯。

或許永遠都不算太遲。

春輝闔上素描本，整個人靠在椅背上。

結束戶外攝影後，眾人聚集在公園的長椅附近，一邊開心談笑，一邊大啖帶來的三明治或漢堡。

總會加入這個熱鬧行列之中的安希，今天卻獨自蹲在一段距離外的樹下發呆。

春輝坐在公園的木桌前，以電腦確認拍攝完畢的影片，他很在意這樣的她，最後停下了手邊的動作。

（果然……還是得說清楚才行啊。）

他嘆了一口氣，以滑鼠中斷眼前的作業。

「安希。」

春輝捧著裝著咖啡的紙杯朝安希走近後，她緩緩抬起頭來。

兩人四目相接的瞬間，安希慌慌張張移開自己的視線。

看到春輝朝自己遞出剛泡好的咖啡，安希小小聲地說了一句：「謝謝……」然後接過紙杯。

她嘟起嘴吹涼不斷冒出蒸氣的熱咖啡。

春輝看著這樣的她，接著又將視線移向笑聲不斷的小組成員所在的方向。

儘管覺得要說點什麼，他卻想不到適合的語句。為了掩飾臉上的尷尬，只好將紙杯湊近嘴邊。

「對了……下午的攝影，是不是要移動到其他地方進行？」

安希蹲在地上，以雙手捧著紙杯這麼問。

或許也有些心神不寧吧，感覺她說話的速度比平常要快。

「原先的計畫是這樣……但可能要看天氣如何吧。」

氣象預報說今天下午會下雨，但目前還完全看不出變天的徵兆。

仰頭可見萬里無雲的藍天，以及自在地展翅盤旋的鳥兒。

「你不吃午餐嗎，春輝？」

「那妳呢，安希？」

「我……今天就不用了。感覺肚子不太餓呢。」

「這樣啊……」

「嗯……」

輕輕點頭後，安希啜了一口咖啡。

「那個啊，關於之前那件事……」

春輝下定決心這麼開口，然後轉頭望向安希。

他一直在思考該怎麼答覆她。

我現在有必須完成的目標，所以不考慮談戀愛。

這不算是在說謊，而且或許也是最不會傷害到安希的答案。

春輝將一隻手緊緊握拳，輕輕吸了一口氣。

「我有喜歡的人。我一直讓對方痴痴地等我。」

他緩緩道出這句話。

如同艾瑞克所說，自己或許真的是個「很過分的傢伙」。

然而，春輝不得不承認，這確實是他內心真正的想法，也是他現在無法回應安希感情的最大理由。

看到蹲在地上的安希仰望自己的濕潤雙眼，春輝以有些沙啞的嗓音接著道出回答：

「所以……抱歉。」

（我……真的只能這麼回應她了……）

安希真心喜歡自己的感情，以及她向自己告白的真摯態度，都讓春輝感到很開心。

他垂下眼簾，嘴唇也緊抿成一條線。

這時，一陣輕笑聲傳入春輝耳中。

「我也覺得應該是這麼一回事呢……」

她這句話讓春輝吃驚得瞪大雙眼。

安希以沮喪的語氣表示：「唉～唉……果然是這樣啊。」說完抬頭仰望天空。

「我發現你時常會看手機裡的照片，於是之前找機會從旁邊偷瞄了一眼喔～原來是女孩子的照片。她看起來很可愛，而且你又一直盯著她的照片看，所以，我其實也知道你絕對是喜歡那個女孩子錯不了。」

宛如連珠砲似的這麼開口後，安希不太自然地笑了幾聲，以手指拭去眼角的淚水。

「我原本還期待你能多看我幾眼，只有幾眼也好……結果還是沒辦法嗎？」

語畢，她像是豁然開朗似的從原地起身。

「安希……我……」

「啊啊！你不用跟我說『我並不是討厭妳』這種安慰的話喔！」

安希慌慌張張打斷春輝的發言。

「那我就不說了。」

「可是……你能像過去那樣，繼續跟我當朋友嗎？」

聽到安希的要求，春輝輕輕握住她帶著幾分猶豫伸過來的手，然後表示：「我才要請妳繼續跟我當朋友呢。」安希則是以有些羞澀的笑容回應他。

之後，安希隨即抽回自己的手，將它藏在身後。

一陣格外開心的笑聲傳來。春輝和安希同時望向聚集在遠處的其他小組成員。眺望著眾人的身影片刻後，安希開口了。

「昨天……艾瑞克突然聯絡我。」

「好像……有這麼一回事呢。」

（他還是在那麼晚的時間跑去找安希了嗎……）

春輝將手撫上後腦勺。身為室友，他昨晚或許應該阻止艾瑞克才對。

「你知道艾瑞克拿著什麼站在我家公寓外頭嗎？」

「啊……他會拿什麼啊，一束玫瑰花之類的？」

「要是拿一束玫瑰花，感覺應該很浪漫呢。但他可是捧著一盒炸雞喔。」

「炸雞？」

春輝忍不住開口確認後，安希點頭回應：「對啊。」然後震顫著肩膀笑起來。

「他說那個時間其他店都關門了，所以……」

「艾瑞克應該……不是只把炸雞拿給妳就走了吧？」

如果這樣，就只是炸雞外送員而已了。

「嗯，他跟我告白了……嚇了我一跳呢。因為真的太突然了。」

「這樣啊……」

「我想以朋友的身分問一下……你覺得我該怎麼做？」

「妳問我該怎麼做？這個我很難回答耶。」

看到春輝皺眉這麼回應，安希笑著再次強調：「以朋友的身分回答我嘛。」

「要問妳自己的想法啊。妳覺得艾瑞克這個人怎麼樣，安希？」

「這個嘛……我們至今一直都是關係不錯的朋友，所以我沒辦法一下子改變看待他的眼光呢。不過……」

看似猶豫地頓了頓之後，安希瞇起雙眼。

「我覺得，或許可以考慮一下……而且那盒炸雞很好吃呢。」

「這樣很好啊。」

視線在瞬間交會後，兩人一起笑出聲來。

這時，人在遠方的艾瑞克高喊：「喂～你們兩個～」同時朝春輝和安希大力揮手。

四月的第一個星期六。繪畫教室下課後，學生們一如往常地向美櫻道別：「老師再見～」然後各自返家。

目送他們離開後，美櫻也開始收拾善後。

教室裡還剩下幾名等待家長來接自己回家的孩子。

美櫻聽著他們活潑的嗓音，將繪畫用具一一清洗乾淨。

為了配合櫻花祭的氛圍，在商店街上設置了許許多多粉紅色的紙罩蠟燈，還有假的櫻花。

（是不是已經到了盛開的時期呢……）

美櫻一邊用水桶清洗水彩筆，一邊望向窗戶外頭。

今天就走河畔那條種滿櫻花樹的路回家吧。

再次埋頭清洗用具時，傳來呼喚聲：「美櫻！」

石野拿著一隻鈴聲大作的手機朝美櫻跑過來。是她原本擱在桌上的手機。

「手機響了～！」

「謝謝你。」

（會是誰呢？小夏嗎……？）

以圍裙擦乾雙手接過手機後，還來不及看螢幕確認，鈴聲便中止了。

望向螢幕上的未接來電通知後，美櫻不禁「咦！」了一聲。

「是誰打來的？」

石野扯著她的圍裙這麼問。

「咦！啊……呃……」

美櫻忍不住將握著手機的雙手抵在自己狂跳的心臟上方。

（騙人……怎麼會？為什麼？）

仍感到有些難以置信的她，立即垂下頭再次確認手機畫面。

顯示在上頭的果然是春輝的名字。這兩年以來，明明連一則訊息都不曾傳給彼此。

（怎麼辦……可是，他馬上就掛掉了……）

美櫻捧著手機的手微微顫抖起來。

或許只是誤會一場。

春輝可能是不小心按到撥號鍵，或是要打給別人時按錯了。

（可是，如果不是這樣的話……？）

如果他是久違地想要跟自己聯絡的話？

「美櫻，妳的水一直開著耶！」

「啊，對……對喔！」

美櫻慌慌張張將水龍頭扭緊，接著將手按上胸口，試著深呼吸冷靜。

儘管如此，急促的心跳仍沒有緩和下來。

她已經兩年沒有聽到他的聲音了。

（可以……打回去給他嗎？）

儘管這麼想，她卻遲遲下不了決心。

如果不是不小心打錯，春輝應該會試著重打才對。

這樣的話，她只要默默等他再次打來就好了吧？

（可是……我現在就好想聽他的聲音……）

美櫻握著手機，緊緊閉上雙眼。

即使只有短短的一瞬間也好。

「妳怎麼了，美櫻老師～？」

「妳的臉紅通通的耶？」

女孩們紛紛跑到美櫻的身邊，一臉擔心地望著她。

「啊……嗯，沒事，我很好喲。」

這時教室大門被人打開，石野太太現身喊著：「老師，不好意思～」

美櫻將手機塞回圍裙的口袋裡頭。

在學生們全數離開後，美櫻也收拾好自己的東西走出教室。

她穿過商店街，來到櫻花樹並排的河畔人行道。

一陣徐風吹來，櫻花花瓣跟著如雨點般紛落。

今天的櫻花已經進入全開狀態，散步經過此處的路人，紛紛停下腳步拍照，或是用自己的雙眼欣賞這片美景。

美櫻從包包的內袋裡掏出手機。

電話就只響過那麼一次。

（他果然……只是打錯了而已嗎……？）

她不自覺地止步，眺望漫天飛舞的櫻花花瓣。

在一旁緩緩流動的河川，波光粼粼的水面也被花瓣染成粉色。

「我真是膽小呢……」

美櫻仰望天空吐出一口氣。

打從高中時期以來，自己就一直停留在原地。

倘若夏樹現在也在這裡，總覺得她一定會激動地表示：「妳就試著打回去嘛！就算春輝只是打錯也沒關係啊。這樣你們就能聽到彼此的聲音了。重要的是契機！」

一次就好。

如果春輝馬上接起來的話。

美櫻凝視著顯示在手機畫面上的春輝名字，以微微顫抖的手指按下撥號鍵。

打這一次就好——

待在公寓套房裡的春輝，抱著雙腿坐在椅子上，凝視著自己放在桌上的手機好一陣子。

一次就好。如果美櫻有接起這通電話的話——

這麼想著而按下撥號鍵後，聽著電話聲響了幾次，他又嘆了一口氣掛上電話。

之前用那麼強硬的語氣對艾瑞克說教，自己卻一樣躊躇不前。

「我也是個膽小鬼啊……」

春輝輕聲這麼自嘲。

永遠不算太遲。或許真的是這樣沒錯。

然而，一如艾瑞克所說的，兩年的歲月遠比想像中還要來得長。

人的喜好和想法是會一直改變的東西。春輝也覺得這並不是壞事。

這是極其自然的現象。去要求某人不要改變，不過是一種自私的行為。

春輝也覺得打從高中到現在，自己並非沒有任何改變。

一旦身處的環境改變，人也會為了適應它而改變。

美櫻理應也是如此吧。高中畢業後，她進入了大學。

她懷抱著「想成為老師」這樣的夢想。同時，想必每天都為這個夢想而努力。

雖然似乎還有跟高中時期結交的摯友燈里和夏樹保持聯絡，但進入大學後，美櫻一定也交到了新朋友。

還在念高中時，他們倆幾乎每天放學後都會一起回家。身旁有彼此的存在，感覺是一件理所當然的事。

但現在不一樣了。

對美櫻來說，沒有春輝的日常變得理所當然。

一如對春輝來說，沒有美櫻的日常變得理所當然那樣。

而選擇走上這條路的人正是春輝。
其實，他也可以選擇待在日本念大學或專科學校，同時努力朝自己的夢想邁進。這麼做的話，他或許就能像高中時那樣，跟美櫻待在同樣的地方，共享相同的時光。
這麼做的話，兩人或許也能從朋友發展成其他關係。
就像夏樹跟優，還有蒼太跟燈里那樣。

事到如今，這些假設沒有任何意義。春輝微微垂下眼簾。
如果要假設不同未來的可能性，根本沒完沒了。
能夠選擇的未來就只有一個。
只有自己現在踏上的這條道路，是怎麼也無法改變的事實。
他單方面拒絕了或許能跟美櫻一起步向未來的選項，事到如今，怎麼可能再說出「我想跟妳回到過去的關係」這種話呢。

春輝自己明明也心知肚明。
這兩年以來，總會定期湧現、苛責自己的這股失落感，不可能消失。

他找不到足以填補這股失落感的東西。

這也是當然的。因為沒有任何人事物能夠代替她。

今後，無論春輝在什麼樣的地方、跟誰度過什麼樣的時光，恐怕都不會比他跟美櫻共度的那三年來得更幸福吧。

一陣敲門聲響起，傳來艾瑞克的嗓音呼喚著：「春輝～」

他將椅子轉向後方，房門剛好也在這個時候被打開。

「你還沒睡啊？」

艾瑞克將一顆頭探進來問道。

「還沒。你在幹嘛？」

「我買了新的咖啡豆，所以想試著泡來喝喝看。」

「你要我在這種時間喝咖啡？」

「反正你八成也還不打算睡吧？」

「是這樣沒錯啦。」

艾瑞克又交代了一句：「那我人在客廳喔。」便關上房門。

準備起身時，春輝再次望向擱在桌上的手機。

（她……不可能回撥吧。）

他輕輕嘆了一口氣，準備朝房門走去時，手機響了起來。

春輝猛地轉頭，拿起手機確認，發現畫面上顯示著美櫻的名字。

他的心臟重重跳了一下。

總覺得這通來電很快就會掛斷，他連忙按下通話鍵，一隻手握著手機貼上耳畔，另一隻手則是緊緊掐住椅子的椅背。

「……美櫻？」

他恐怕花了幾秒，才終於順利開口呼喚這個名字。

『……春輝？』

是久違的美櫻的聲音。

光是這樣，就讓春輝的情感瞬間沸騰，甚至連眼角都湧現溫熱感。

感覺視野即將變得模糊的他，連忙將視線抬起。

不這麼做的話，自己彷彿就會像個傻子那樣開始掉淚。

（原來……我這麼渴望聽到美櫻的聲音嗎……）

他握著手機的那隻手微微使力。

「……妳過得好嗎……？」

『嗯…………我很好……你呢，春輝？』

「……我也很好。」

春輝以略為顫抖的嗓音答道。

他伸出手將窗簾拉開一些，路燈的點點亮光浮現在一片漆黑的夜色之中。

『我覺得永遠都不算太遲喔。』

沉默籠罩了兩人。

美櫻想必在思考該說些什麼吧。

而自己想傳達給她的又是什麼？

絕對必須傳達出去的那句話——

春輝想起出發去留學那天，在飛機上攤開美櫻送的那本素描本時，眼淚跟著不停溢出的回憶。

「我會一直等你。」

面對她的這句話，春輝沒能給予任何回應。

這兩年以來，他之所以連一則訊息都發不出去，也是因為無法下定決心將這句話傳達給她。

如果——

如果現在真的還不算太遲的話。

如果自己有資格重新描繪兩人未來的藍圖的話。

「美櫻。」春輝緩緩開口呼喚了一聲。

「希望妳能等我回去……」

我一定會回去。

回到有妳在的地方——

美櫻小小聲地以『嗯……』回應。

在電話另一頭，可以聽到電車疾駛而過的聲音。

在聽不見電車的聲音後，美櫻再次開口。

『我會一直等你……』

早上，春輝拎著背包踏出房門後，待在客廳裡的艾瑞克出聲喚住他。

「春輝，你一大早的要去哪裡啊？今天是假日耶。」

「我有點想拍的東西！」

看到春輝燦笑著這麼回答，艾瑞克不禁圓瞪雙眼。

「難得我鼓起幹勁嘗試做了三明治呢。」

「我晚點再吃！」

春輝一把揪起放在沙發椅背上的連帽外套披上，然後步出客廳。

走到公寓外頭後，耀眼的陽光落在春輝臉上。

他抬著腳踏車，從戶外階梯往下走了三階。

咖啡店的店員正忙著把立式看板放到店外。

現在是剛過早上七點的時間，所以街上的人還不多。

春輝跨上腳踏車，雙腳踩上踏板。

「要去哪裡好呢……」

這陣子以來，春輝一直提不起勁拍照，照相機也都一直擱在桌上沒有動過。

因為他不知道自己想拍的究竟是什麼。

他一直在尋找「拍攝」這件事的意義和理由。

還是高中生的時候，即使不刻意思考這個問題，他的答案也很明確。然而，不知從什麼時候開始，他變得不明白了。彷彿像是找不到目的地那樣，遲遲無法前進，只是一直停留在同一個地方。

他單手握著腳踏車握把，仰頭望向天空。

純白的雲朵在藍天中緩緩游移著。

現在，他覺得自己總算是找到一個答案了。

還是個孩子的時候、還在念高中的時候，他都有想讓自己展示作品的對象。

看到對方欣喜的模樣，他總會覺得很開心。因為想看到對方的笑容，他拍了各式各樣的東西。

（就只是這麼一回事而已呢……）

拍攝的意義和理由，光是這樣就相當足夠了。

之前的自己，恐怕是忘了最不應該忘記的事情吧。

跟美櫻通過電話後，他突然變得好想拍點什麼東西。現在的自己所見的事物。自己身處的這個世界。這些，他全都想讓她看看——

「總之……哪裡都好啦。」

春輝笑著這麼自言自語，然後奮力踩下踏板。

「美櫻，感覺妳最近精神奕奕的耶。發生什麼好事了嗎？」

聽到一個月不見的夏樹這麼問，美櫻回應：「不，沒發生什麼事呀。」不過，這陣子以來，她確實變得比較有活力。

「好奇怪喲。明明就只是通過一次電話而已……」

走在回家路上的她，仰望著天空這麼輕喃。

在那之後，春輝並沒有再捎來聯絡，美櫻也沒有主動打電話給他。但她覺得這樣就可以了。

現在，一定是彼此必須專注在自己的前行之路上的時期。光是能聽到春輝的聲音，就已經很足夠了。

到家後，美櫻打開玄關大門喊了一聲：「我回來了～」

她取出信箱裡的信件，檢視是否有寄給自己的東西。看到一個薄薄的航空包裹後，她的手瞬間止住了動作。

「歡迎回來，美櫻～」

母親打開客廳大門走出來。

看到美櫻沒脫鞋杵在玄關的模樣，母親不禁問了一聲：「妳怎麼了？」美櫻也因此心驚了一下。

「沒什麼！」

她匆匆脫下鞋子走進家中，說著：「這是信箱的信！」把其他信件塞到母親手上。

「哎呀，這樣嗎？」

「嗯，我回房間一下！」

看著女兒慌慌張張踩著階梯往上的身影，母親不解地微微歪過頭。

回到房裡後，美櫻關上房門，將包裹抵上自己心臟狂跳的胸口，然後用力吸了一口氣。不這麼做的話，感覺心跳無法緩和下來。

春輝筆跡所寫下的收件人和地址——

「會是什麼呢……」

美櫻緊張地打開包裹，發現裡頭是一張明信片和ＤＶＤ光碟。

印著動人海景的明信片上，只寫著「給美櫻」這三個字。

凝視著手上的明信片半晌後，美櫻恍然回過神來，喃喃說著：「對了。」然後走到自己的電腦桌前。

她啟動電腦，將ＤＶＤ放入光碟機。孩子們活力十足的嗓音和公園的影像一起在螢幕上播放出來。

『春輝～！你也拍我嘛！來拍我！』

『一次沒辦法拍到這麼多人啦。』

春輝和孩子們的對話，跟周遭環境的聲音一起傳來。

美櫻在椅子上坐下，看著影片會心一笑。

（是春輝的聲音……）

他的聲音聽起來一如往常。明白春輝在美國也很享受拍電影的樂趣後，美櫻感覺鬆了一口氣。

兩人現在都有自己要追求的目標。

要問無法見面的日子會不會讓她感到煎熬的話，這段期間，美櫻確實覺得很寂寞，有時也會因為想念春輝的聲音而幾乎落淚。

「希望妳能等我回去……」

美櫻回想起春輝在那次短暫的通話中對她說的這句話。

現在，她有這句話支撐著。

總有一天，在同一條路上並肩走回家的日子會再次到來吧。

就像那時一樣。

「美櫻~今天要一起回去嗎？」

「嗯。那……等社團活動結束後，我在教室裡等你喲。」

「我會盡早結束。」

「沒關係，你慢慢來。」

——我會一直等你。

盛夏的情人節
Natsuki
Yu

盛夏的情人節

「優，快點、快點啦！」

拖著行李箱走在前方的夏樹轉頭這麼催促。

「也不用這麼著急吧。比起這個，妳走路不看前面，會很危險喔。」

遲了一些跟上來的優才剛這麼開口，夏樹就差點撞上一名身材壯碩的中年男子。她「哇！」了一聲，向後退了幾步。

男子稍稍揚起頭上的帽子，帶著微笑說了一句：「Ｓｏｒｒｙ。」

夏樹也慌慌張張地以「Ｓｏｒｒｙ！」回應，朝男子鞠躬致意。

（嚇我一大跳……）

看到男子沒有動怒，夏樹鬆了一口氣，結果被優輕敲了腦袋一下。

他以一臉「真受不了妳」的無奈表情望向夏樹。

「用不著慌張成這樣吧～？時間還很充裕啊。」

夏樹將手撫上後腦勺，像是想含糊帶過那般傻笑。

「因為……總覺得靜不下來嘛。我們已經來到美國了耶！」

「就是啊。」

優拉著自己的行李箱往前走。

他以另一隻手操作手機，還不時抬起頭來確認機場內部的告示牌。

「啊！往這邊走。」

看到優這麼說，夏樹匆匆跟上他的腳步。

「這是我們第一次的國外旅遊耶！」

夏樹興奮地這麼說之後，優再次有些敷衍地回應她：「就是啊。」

面對他這樣的態度，夏樹焦躁地雙手握拳質問：「真是的～！你都不覺得興奮嗎？」

結果優停下腳步朝她瞄了一眼。

「在這之前，得先找到公車站才行。」

「我有預感公車站在那邊！你再這麼悠悠哉哉的，我可要丟下你不管嘍～」

「啊！等一下啦，夏樹！」

看到夏樹朝自動門的方向衝過去，優焦急地追了上去。

踏出門外後，夏樹用力深呼吸一口氣，露出燦爛無比的笑容。

「是美國——！」

她亢奮地高舉雙手，做出萬歲的姿勢。

這時，一名司機從停靠在前方的計程車走下來。他打開後車廂，又以拇指指了指車子的後座，像是在示意兩人「上車吧」。夏樹和優不禁面面相覷。

今年春天，從兩年制的專科學校畢業後，夏樹承接插畫委託的工作、做些打工，一邊為了成為漫畫家而持續投稿。

升上大三的優，則是迎來了八月的暑假時光。

兩人會來到美國，並非只是為了享受國外旅遊。當然，這確實是夏樹第一次跟優來國外旅遊，因此她也懷著滿心期待；不過，她並沒有忘記此行的重要目的。

坐上計程車的後座後，夏樹望向自己的包包。

帶著些許沙塵的風，從全開的車窗外吹了進來。

優將手肘靠上窗框，眺望窗外流逝的風景，還不時掏出手機來拍照。

（美櫻……我們會確實幫妳傳達給他的。）

在心中這麼輕喃後，夏樹將包包緊緊揣進懷裡。

夏樹和優千里迢迢來到這裡，是為了和那個人見上一面。

兩人的兒時玩伴芹澤春輝——

事情發生在今年的白色情人節。

久違地和美櫻見面的夏樹，發現她拿著一朵精心包裝過的玫瑰花。在夏樹詢問送花的人是誰後，美櫻以「這是祕密」敷衍帶過，而且看起來似乎還挺開心的。

聽說，美櫻在情人節送了杯子蛋糕給對方，而且還是自己親手做的。那朵玫瑰花，想必就是對方的回禮吧。

自從開始跟優交往之後，每年的情人節，夏樹都會送他自己親手做的巧克力。因為是「真心喜歡」的對象，所以她想送他承載著自己滿滿心意的巧克力。

進入二月後，不知為何看起來總有點憂鬱的優，似乎很中意夏樹今年送給他的巧克力布丁，罕見地稱讚她：「這個真好吃。」畢竟，她去年的古典巧克力蛋糕得到了「徹底烤焦的不明物體」這樣的評價，從這點看來，她的手藝可說是有飛越性的進步了吧。

打從高中時期開始，美櫻就相當擅長製作甜點。在社團活動的閒暇之餘品嚐她做的點心，總是讓夏樹暗中期待不已。

但印象中，美櫻應該從不曾在情人節，把親手做的巧克力或點心送給自己真心喜歡的對象才是。

高中三年的時光，美櫻一直都有個單戀的對象。就是芹澤春輝。

無論看在誰的眼裡，他們倆都明顯對彼此懷有好感，也相配到會被揶揄成「春天情侶」的程度。

社團活動結束後，春輝常常會去接美櫻。有時則是美櫻待在教室裡等他。

在旁人看來，這兩人進展得十分順利，不管什麼時候開始交往都不奇怪。

然而，在春輝打算去留學的消息傳開後，兩人之間的氣氛開始變得有些不自然，最後終究在沒能向彼此告白的狀態下畢業。

在春輝前往美國、美櫻考上大學後，兩人恐怕也沒有再聯絡過彼此吧。

美櫻一直都喜歡著春輝。而春輝想必亦是如此。

因為一直對此深信不疑，聽到美櫻提及「白色情人節的回禮」時，夏樹受到了不小的衝擊。

一如春輝所言，在白色情人節送玫瑰給美櫻的，說不定只是她擔任志工的「繪畫教室」裡頭的某個學生。

跟夏樹見面那天，剛好是她去繪畫教室幫忙的日子。而且，在情人節當天自己烤杯子蛋糕送給來教室的人，感覺也很像美櫻的作風。要是學生送她一朵玫瑰當作回禮，也是很合理的事情。

至今，只要在聊天時提及春輝，美櫻看起來仍會格外開心。對她來說，春輝想必是一個「特別的存在」吧。

儘管白色情人節那件事到頭來只是自己瞎操心而已，然而，想到這兩人的「未來」，夏樹仍忍不住感到憂心。

現在，他們倆的心意或許都還沒有改變，但未來會怎麼樣很難說。

或許會有其他令美櫻心動的人出現在她眼前。

夏樹原本一直認為這是不可能的事情，但要持續單戀著某人，兩年的時光實在是太長

了一點。

升上大學後，美櫻變漂亮了。有一部分的原因，或許是她開始嘗試高中時完全不曾接觸過的化妝。對服裝的喜好選擇，也跟高中時期不太一樣了。

這點夏樹也一樣。從小時候就一直綁包包頭的她，現在經常會變換髮型。因為她希望能讓優看見有些不同的自己。此外，她開始化妝，也變得比較講究鞋子、衣服和包包。

「永遠不改變」這種事情，恐怕沒有人做得到吧。

四月的第一個星期六，買完東西的夏樹走在商店街裡。

現在正值櫻花祭期間，商店街各處都以假的櫻花或粉色氣球點綴。

（美櫻會不會在大學裡被人告白啊……）

夏樹雙手抱胸沉思起來。儘管覺得應該會有男生對美櫻示好，但她不曾聽美櫻提過這種事。也不可能完全沒人找她去參加聯誼才對。

她不知道美櫻過著什麼樣的大學生活。

畢竟，她們並不像高中時那樣每天碰面。現在頂多一個月可以見到一兩次面而已。

兩人依舊是很要好的朋友，也經常互傳訊息或通電話，但和高中時期相比的話，不了解彼此的地方確實變得比較多，或許也會因此產生一些距離。

夏樹在唱片行外頭停下腳步，望向貼在玻璃窗上的海報。

出現在海報上的，是身穿閃亮亮舞台裝的兩名偶像團體的成員。

這時，從一旁經過的兩名女高中生瞥見海報，開心地表示：「啊！ＬＩＰ×ＬＩＰ要發行新專輯了～！」然後停下腳步。

「妳預訂了嗎？」

「還沒～！還是去訂一下好了，不然可能搶不到特典呢。」

說著，那兩人便踏入店內。

夏樹將手貼上玻璃窗，凝視著那張海報。

「就是啊……要是有個比春輝更帥氣的男孩子出現在美櫻面前，然後熱烈追求她的話，就算美櫻本人沒那個意思，也還是有可能被打動呢！」

沒人能斷言未來絕不會發生這種事情。

（春輝跟優真的都很沒有危機意識耶～～！）

嘆了一口氣之後，夏樹將手從玻璃窗上抽離，垂頭喪氣地踏出腳步。

「雖然我也覺得不會有這種事情啦……」

美櫻和春輝之間，存在著一種無法輕易斷絕的羈絆。

這想必是他們倆花了三年時間，小心翼翼培養出來的吧。

春輝前往美國留學，是完全出乎夏樹意料的發展。對美櫻和其他友人來說，想必也是如此。

不過，關於這件事，說不定連春輝本人都感到意外。如果沒在那場電影大賽中得獎的話，他現在應該還留在日本才對。

這是春輝的人生。要做出什麼樣的選擇，都是他的自由。

只是個兒時玩伴的夏樹，沒有任何權利阻止他去留學。

美櫻跟春輝之間的關係很難透過言語好好說明。要說是朋友的話，確實是朋友沒錯。

因為兩人沒有在交往，所以並不是男女朋友的關係。

然而，比起普通朋友，他們似乎又更把彼此視為一名異性看待。

（如果美櫻當初央求春輝不要去……他會怎麼做呢？）

春輝會打消留學的念頭嗎？又或者不會因此改變自己的決定？

（可是，美櫻不可能說出這種話嘛……）

因為不想成為春輝的絆腳石，直到畢業，美櫻都不曾向他表明自己的心意。她不可能說出「不要去」這種話。

她想必全心全意支持春輝的決定吧。即使這麼做會讓自己傷心難受。

「說起來，都是春輝不好啦！就這樣把美櫻拋下不管！」

春輝恐怕還打算享受美國的留學生活好一陣子吧。

學校明明也會放長假，他卻不曾返回日本，就是最好的證據。

再這樣下去，美櫻的心總有一天會從他身上離開。

「有沒有什麼好辦法啊……」

夏樹歪著頭，一邊自言自語一邊往前走的時候，一陣清脆的鈴聲傳入她的耳中。她朝鈴聲傳來的方向望去，發現商店街的一角正在舉辦抽獎活動。

「恭喜您抽到了三獎美容儀！」

聽到身穿短外褂的男子滿面笑容地這麼表示，拄著拐杖的老先生將手掌豎在耳朵旁邊大聲問道：「啥？美濃姨？」

（抽獎啊……反正也抽不中……）

這麼想著而準備走掉時，抽獎活動的宣傳海報映入夏樹的眼簾。

頭獎是美國旅遊招待券，一人中獎、兩人同行！

她不禁停下腳步重看了一次。

「美國……旅遊！」

夏樹這麼高喊出聲，將雙手「啪！」地按在海報上。

「這……應該是個好機會？」

（既然春輝不回來，那美櫻去找他就好了嘛！）

她之前怎麼都沒想到這種做法呢？

在商店街購物的話，可以拿到店家發放的抽獎券，湊滿五張就能夠抽一次的樣子。

「對了！」夏樹像是想起什麼似的開始翻找自己的口袋。她剛才應該有把買衣服時拿到的抽獎券塞進口袋裡才對。

她掏出變得皺巴巴的抽獎券，計算一共有幾張。

「剛好五張耶！」

她緊握手中的抽獎券，喊了一聲：「好！」

「加油啊，小姐。祝妳抽中美國旅遊的招待券喔！」

看到夏樹遞過來的抽獎券，短外褂大叔朝她露齒燦笑。

（為了美櫻，我絕對要拿下美國旅遊的機會！）

一個深呼吸之後，夏樹伸出手握住搖獎機的把手。

（我要把今年一整年的運氣……全都賭在這次的抽獎上！）

她閉上雙眼，「嘿！」一聲用力旋轉握把。

聽到裡頭的抽獎用珠子滾出來的清脆聲響，她戰戰兢兢睜開眼。

跟短外褂大叔一起低頭望向承載珠子的小碟子後——夏樹發現那顆珠子是白色的。

「好的，是安慰獎！給妳一瓶維他命補給飲料，打起精神來吧！」

夏樹握著大叔遞給她的飲料瓶，一臉呆滯地離開搖獎機前的隊伍。

她在抽獎活動的海報前再次停下腳步，垂著頭將一隻手撐在海報上。

「果然不可能這麼順利～！」

坐在房間書桌前寫報告的優，因為突然傳來的開門聲而轉過頭。

出現在房間入口處的，是表情看起來格外嚴肅的夏樹。

「……妳怎麼啦，夏樹？」

她一語不發地走進房內，在小茶几旁無力癱坐下來。

接著，她從包包裡掏出徵才雜誌，以及上頭有著檸檬圖樣的飲料瓶。她扭開後者的瓶蓋，一口氣喝光裡頭的飲料。或許是味道很酸吧，她眉間擠出的皺紋愈來愈深。

（難道……是投稿的漫畫又被退件之類的嗎？）

在今年春天從專科學校畢業的夏樹，現在以成為漫畫家為目標，一邊打工，同時兼職承接插畫委託的工作。

然而，最關鍵的漫畫投稿似乎進展得不太順利，夏樹也屢次為此感到意志消沉。或許，她終於打算放棄這條路，另覓其他工作了吧。

（也可能只是不小心買了太多遊戲或漫畫就是了……）

夏樹沒有回到位於隔壁的家裡，而是衝進優的房間裡的時候，多半都是有什麼想跟優報告或哭訴的事。

優瞥了一眼寫到一半的報告，輕輕嘆了一口氣。

雖然這是明天就得交出去的報告——

優從書桌前起身，拿著馬克杯走向小茶几。

夏樹正一臉認真地翻閱著徵才雜誌。

優在她的對面坐下，將馬克杯「叩咚」一聲擱在桌上。

這個聲響讓夏樹抬起視線瞄了他一眼。

「妳今天有出門吧？」

「嗯，我去逛街。因為想買衣服。」

「……所以，最後為什麼帶著徵才雜誌回來？」

優這麼詢問後，夏樹在攤開的雜誌上雙手握拳，然後垂下頭。

看到她雙肩微微顫抖的模樣，優不由得有些擔心起來。

「……說真的，發生什麼事了嗎？」

「你這個問題問得太好了！」

（呃，因為有種不祥的預感，其實我也沒有很想問就是了……）

可是，總不能就這樣對夏樹不聞不問。再說，優也覺得在意。

下一刻，夏樹抬起上半身，猛地將一張臉朝優逼近。

（好近……！）

優反射性地將上半身往後仰。

「噯，優……」

「怎……怎樣啦……」

夏樹一雙眼睛直直望著優，臉蛋也靠近到幾乎就要親上來的程度。

意識到這一點之後，優突然覺得一陣口乾舌燥，於是慌忙移開自己的視線。

該說是沒有自覺，還是缺乏警戒呢？夏樹的這種地方完全沒有改變。

「你覺得去美國要花多少錢啊？」

這個唐突的提問，讓完全摸不著頭緒的優「啥？」了一聲。

「…………妳說美國？」

「對，美國！」

夏樹手握拳頭，以堅定的語氣這麼回應。

（這……為什麼是美國？）

夏樹異想天開的思考模式，已經不是只有一兩天的事情了。

沉思片刻後，優推論出「是因為合田嗎……」這樣的結果。

白色情人節那天，外出和美櫻見面的夏樹，在當晚一邊大聲嚷嚷著：「出大事了！」一邊衝進優的房間。

聽完她說明原委後，兩人隔天一起撥了通電話給春輝。

美櫻在白色情人節當天收到一朵玫瑰花的事，似乎讓夏樹在意得不得了。

如同春輝所言，那八成是美櫻「繪畫教室的學生」送給她的回禮吧。

雖然多少有些吃驚，但春輝並沒有將這件事放在心上。

所以，這件事理應已經告一段落了才是。然而，夏樹似乎無法接受春輝和美櫻一直沒有聯絡彼此一事。她八成又在思考什麼多管閒事的計畫了吧。

「……應該要花不少錢吧。」

「也對喔！果然是這樣嗎！」

夏樹再次沮喪地癱坐下來。

「是跟春輝有關的問題嗎？」

「你怎麼知道？」

「我好歹是妳的男朋友啊。」

聽到他這麼回應，夏樹先是吃驚地眨了幾下眼睛，接著臉頰一口氣漲紅。

「對喔。我有時候幾乎會忘記這件事呢。」

「別忘啦。」

優以一隻手托腮，伸出另一隻手彈了彈夏樹的額頭。

夏樹像是為了掩飾害羞反應那樣笑出來，但隨即又露出憂鬱的表情以「因為啊」繼續往下說。

「再這樣下去，美櫻說不定會忘了春輝耶。」

「妳是真心這麼想嗎？」

優以收回來的那隻手拿起馬克杯湊近嘴邊。

「也不是啦，可是……」

「這不是妳能夠插手幫忙的問題吧？想見春輝的話，合田應該會自己想辦法啊。既然她沒有採取任何行動，就代表合田認為現在這種狀況很妥當吧？」

「美櫻一定很想見春輝一面啦！可是，美國太遠了嘛！」

說著，夏樹像是鬧彆扭那樣咕噥：「而且春輝又不回來……」

「所以，妳打算多找幾個打工，然後去美國一趟嗎？妳去又有什麼意義啦。要合田本人去才行啊。」

「不直接跟春輝面對面說他幾句，我覺得不甘心嘛！」

隨後，夏樹又補上一句：「而且人家去商店街抽獎，最後也只抽中維他命補給飲料！」並且忿忿地雙手握拳。

「商店街？」

「沒錯！優，你聽我說。商店街正在舉辦抽獎活動呢。然後啊……」

夏樹將不知從哪裡掏出來的一張傳單亮在優眼前。

「頭獎竟然是美國旅遊的招待券耶！而且還是雙人份！你不覺得很厲害嗎？」

優望向寫在傳單下方的一行文字：「安慰獎：維他命補給飲料。數量有限，送完為止。」再望向夏樹身旁的空瓶。

（原來如此……）

「所以妳沒抽中嘍……」

「對啊，我沒抽中。希望完美地落空。只拿到了安慰獎！」

（畢竟不可能隨隨便便就抽中嘛……）

因為這樣，夏樹或許放棄靠運氣，轉而打算以自己的力量想點辦法。

（認真聽她說話，有種吃虧的感覺耶。）

如果是這種程度的事，一邊寫報告一邊聽她說就可以了。

雖然優很想現在馬上這麼做，但這樣的態度恐怕會讓夏樹生氣。再說，夏樹闖進房裡的瞬間，他就已經無法繼續專注在報告上了。

「我想……我們應該也束手無策吧？」

思考片刻後，優這麼回答。

春輝和美櫻之間的問題，是他們倆必須自己思考的事情。即使是摯友，也不該介入太多。

夏樹回應：「我知道啦……」一臉沮喪地安分下來。

換做是以前，她很可能會直接喊一句：「你這個無情的人！」然後順便送給他一記拳頭。

「可是，美櫻需要春輝，而春輝也需要美櫻。絕對是這樣沒錯。」

夏樹以雙手抱著雙腿，像是自言自語地道出這句話。

優並非不明白夏樹的感受。

可以的話，優也希望那兩人順利發展。

春輝至今仍忘不了美櫻。這點不會有錯。

優比夏樹更明白春輝有多麼珍惜美櫻。

畢業後，他還有和春輝保持聯絡，有時也會透過視訊通話閒聊。每次聊天時，春輝總會有意無意提及美櫻。

他有時還會主動詢問：「美櫻現在過得如何？」所以，想必是很在意她吧。

優能夠告訴他的，頂多是從夏樹那裡聽來的情報。畢業後，他只見過美櫻幾次而已。大概都是跟夏樹在一起時湊巧遇見她，然後會跟彼此打聲招呼「好久不見」的程度。

（合田應該也還掛記著春輝吧……）

優回想起美櫻曾有些顧慮地問過他：「春輝最近過得怎麼樣？」

他也很難想像美櫻會變心。不過，如同夏樹的擔憂，沒人能保證兩人的心意以後不會出現變化。

隔週的星期六，結束家教的打工後，優來到上方有拱廊設計的商店街。為了寫報告，他買了幾本參考用的書籍，現在正準備返家。或許因為時值傍晚，來這裡購物的人也不少。

（該怎麼辦呢……）

他不自覺吐出一口氣。

「就算說要去美國……」

他回想起之前一起跟夏樹去旅行的經驗。

那時因為是突然決定的行程，所以選在日本國內不會太遠的景點。換成國外旅行的話，可就不是這麼簡單的事情了。除了一筆不小的旅費和各種準備以外，還得申請護照。

（我要不要也多找幾份打工呢……）

優一邊茫然這麼想著，一邊繼續前進時，幾個人形成的隊伍讓他停下腳步。寫著「抽獎活動」幾個大字的海報，就貼在一旁的看板上。

（那就是夏樹說的抽獎活動嗎……？）

「今天就是最後一天了！頭獎還沒有人抱回家喔！」

穿著短外褂的大叔，站在搖獎機前方這麼吆喝。

優從褲子口袋裡掏出方才在書店拿到的抽獎券。剛好有五張，可以去抽一次。

「但不可能抽中吧……」

他這麼想著，將抽獎券再次塞回口袋裡，準備從原地離開。

（可是……）

想起夏樹垂頭喪氣的模樣，優的腳步瞬間止住。

迷惘了幾秒鐘後，他轉身朝抽獎區走去。

跟著大家一起排隊時，他發現剩下的獎項已經寥寥無幾，排在前頭的人全都拿著安慰獎的維他命補給飲料離開。

（反正難得有這個機會……）

轉一次搖獎機試試自己的手氣，或許也不是什麼壞事。

優走向前方，將抽獎券遞給穿著短外褂的大叔。

懷著平常心轉動搖獎機後，裡頭的珠子喀啦一聲滾出來。

正當優伸出手準備領取維他命補給飲料時，一陣響亮的搖鈴聲傳來。

「是頭獎的美國旅行招待券──────！」

身穿短外褂的大叔開心地這麼高聲吶喊。

「……咦？」

優不禁愣在原地，身後其他買完菜過來排隊的主婦們則是吃驚地探頭過來確認情況。

周遭掀起「喔喔喔───！」的歡呼聲和熱烈掌聲。

「恭喜你啊，小帥哥～！是頭獎耶！」

短外褂大叔用力握住優伸出去的手祝賀。

「……咦咦！」

優發出困惑的驚嘆聲。他周圍的人群，則是不知為何很有默契地以三拍、三拍、三拍、一拍的節奏為他鼓掌。

回到家門外頭的優，一邊將手伸向玄關大門的門把，一邊望向隔壁的榎本家。

夏樹位於二樓的房間窗戶敞開著。

他望向上頭寫著「頭獎」兩字的特製信封袋，將手從門把上抽離。

優走向隔壁家，按下玄關外頭的門鈴。片刻後，夏樹的弟弟虎太朗打開了大門。

「歡迎啊，優。」

「打擾嘍。」

虎太朗燦笑著這麼說，然後退到一旁讓優走進屋內。

優脫完鞋入內後，又不經意地望向虎太朗。

「虎太朗，你長高了呢。」

打從虎太朗還是個孩子的時候，優就跟他相當熟稔。

想起他動不動就跟自己的妹妹雛一起哭著回家的光景，便讓優想要發笑。

（他們真的一下子就長大了呢……）

跟雛同年的虎太朗，在今年春天從高中畢業後，進入大學就讀。

虎太朗念的是體育大學，雛則是考上北海道某間有獸醫學系的大學。

當初他們似乎都為畢業後的出路苦惱了好一陣子，最後想必已經找到自己想做的事了吧。

「有嗎？我覺得沒什麼變啊。也還追不上你的身高。」

虎太朗用手比了比自己的頭，「啊！對了。」像是想起什麼似的接著開口說道。

「夏樹人在房間，但我覺得你今天還是不要靠近她比較好。」

「……她在生什麼氣嗎？」

「該說是生氣嗎……感覺就是怪怪的？她一直悶在房裡自言自語呢。我還以為她跟你吵架了，看來不是這樣？」

「不……總之，我上去看看好了。」

優伸手輕拍虎太朗的肩膀，接著走向位於後方的階梯。

「夏樹。」

走上二樓後，優輕敲夏樹的房門這麼呼喚，裡頭隨後傳來回應：「嗯～請進。」

踏進房內，他看到夏樹坐在茶几前，忙著在筆記本上寫些什麼。

從她頭也不抬的樣子看來，大概寫得很專心吧。

「抱歉，妳在工作嗎？」

「不是，沒關係。」

這麼回應後，夏樹突然以雙手抱頭「啊～！」地大叫起來。

「果然還是得多找幾個打工才行～！」

語畢，她看似精疲力盡地伸長雙臂，整個人趴倒在桌面上。

優關上房門，在她的對面坐下。

攤開在茶几上的，似乎是她的記帳本。

優以手托腮望向夏樹。

後者發出「唔～！」的苦惱呻吟聲。

「……妳就這麼想去美國啊？」

「雖然沒辦法馬上去，但我想慢慢開始存旅費～」

夏樹懶洋洋地抬起頭，「唉～」地嘆了一口長長的氣。

「可是，光是省吃儉用，還是很難存到錢呢……所以，我在思考要再找其他短期打工、還是拜託現在打工的咖啡廳讓我多排一點班。你覺得哪個比較好？」

「妳現在有在接插畫委託，也得畫投稿用的漫畫不是嗎？妳的時間會被榨乾喔～」

「話是這麼說沒錯啦～！」

夏樹不甘心地哀嚎。

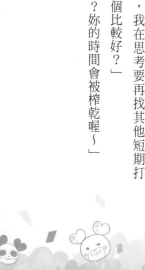

優維持著以手托腮的姿勢，用另外一隻手將抽獎得來的特製信封袋放在夏樹面前。

「這是什麼？」

「我抽獎抽到的東西。」

說著，優將手伸向散落在桌面上的巧克力，拆開外包裝扔進嘴裡。

「哦～你的抽獎運真的很好耶～抽到什麼了？」

夏樹盯著信封袋，接著以恍然大悟的表情望向優。

「難道是什麼遊戲機還是遊戲軟體？」

面對一臉認真地這麼問的她，優回覆：「答錯了。」

「不然是什麼啊？一年份的衛生紙之類的？」

「美國旅行。」

聽到優的回應，「……咦？」夏樹歪過頭。

「妳一直很想去的美國旅行。」

「咦咦咦咦！」

發出震驚不已的吶喊聲後，夏樹捧起特製信封袋反覆觀察好幾次。

此刻，她才終於看到信封上「頭獎」的字樣。她緊捏著信封袋的手開始微微顫抖。

「這是…………在那個……商店街的抽獎活動抽到的？」

「對。」

「你怎麼會去抽？」

「因為我買書有送抽獎券。」

「所以你抽中了？」

夏樹將雙手撐在茶几桌面上，探出上半身激動地這麼問。

「好像是這樣。」

（我也壓根沒想到會抽中就是了……）

自己或許已經把今年一整年的運勢全都耗盡了吧。

優苦笑著再次拾起一塊巧克力。

「…………優。」

「嗯～？」

「我最最最最最最喜歡你了————！」

夏樹雙眼發亮地整個人撲了上來，優險些就這樣被她推倒。

「嗚哇！」優叫了一聲，連忙將雙手撐在身體後方。

夏樹仍維持著以雙手環住優的頸子、緊緊擁住他的姿勢。他將手輕輕放上她的背部。

「……難得有這樣的機會，妳就跟合田一起去吧。」

聽到優這麼說，夏樹鬆開雙手望向他。

「可以嗎?但是抽中這個招待券的人是你呢，優！」

「但想去美國的人是妳啊。而且合田應該也想去吧。」

夏樹睜著有些濕潤的一雙眼睛，咚一聲將頭靠在優的肩膀上。

「我真的……最喜歡你了，優。」

「嗯。」

優瞇起雙眼，笑著回她：「我知道。」

夏樹和美櫻相約在假日碰面，兩人一起踏入某間店裡。

這是還在念高中時，夏樹、美櫻、燈里經常三人一起造訪的蛋糕店。

店內的裝潢看起來仍和以前一模一樣。

找了座位坐下後，兩人點的紅茶和蛋糕隨即被送過來。

夏樹點了檸檬重乳酪蛋糕，美櫻則是季節限定的櫻花戚風蛋糕。

嚐了一口蛋糕後，夏樹露出滿面笑容表示：「嗯～這裡的蛋糕果然好好吃喔。」

「嗯，就是說啊。對了，之前燈里有跟我提過一間新開的鬆餅店。希望我們三個人下次能一起去。」

「燈里最近也很忙嗎？」

「好像是這樣呢。我跟她聊到之前跟妳碰面的事，結果她說：『我也好想去喔～』」

「好想三個人再一起聚聚喔，吃晚餐也好。可以去吃拉麵之類的！再問問燈里好了。美櫻，妳什麼時候方便？」

「我週六日晚上要打工，除此之外的日子都可以約吃晚餐。」

「那就要約平日了嗎～嗯，我再問燈里什麼時候有空。」

「真希望三個人都能到齊呢。」

啜了一口紅茶後，美櫻像是想起什麼似的說了一句：「對了。」然後放下茶杯。

「小夏，妳要跟我說的事情是？」

「對了，說到這個！我今天要跟妳說一件很重要的事。就是這個……」

說著，夏樹從包包裡掏出一本小冊子，在美櫻面前攤開。

那是裝在頭獎信封袋裡的觀光導覽手冊。

「美國……旅行？」

接過小冊子的美櫻圓瞪雙眼。

「其實啊，商店街之前舉辦了抽獎活動。」

「啊啊！這麼說來……我也有去抽過呢。」

去繪畫教室當志工時，美櫻總會從商店街經過，所以大概也知道這個活動。

「美櫻，妳有抽到什麼嗎？還是只有拿到安慰獎那個維他命補給飲料？」

「我只有抽到維他命補給飲料。不過，那其實滿好喝的。」

「就是啊！下次在店面看到的話，我說不定會買呢～呃，不對啦！」

夏樹指著美櫻手中的導覽手冊表示：「我要說的是這個！」

「抽到這個抽獎活動的頭獎了！」

聽到夏樹提高音量這麼說明，美櫻吃驚地「咦！」了一聲。

頭獎是美國自由行的招待券，中獎者可以自行選擇想去的地方。

「妳真的抽中了呀，小夏？」

「嗯，抽中了！但抽中的人不是我，是優就是了。」

夏樹帶著滿面笑容回應。

「瀨戶口同學好厲害啊。他的運氣真好。」

「我也嚇了一大跳呢～然後啊，關於這件事……美櫻，妳要不要跟我一起去？」

「咦……我嗎？」

「沒錯！這是兩人行的招待券呢～優也說想讓我跟妳一起去。所以，我們一起去美國找春輝吧，美櫻。」

美櫻緊緊抿住輕啟的唇瓣，再次望向手中的觀光手冊。

她的雙眼透露出迷惘。

在美櫻開口回答前，夏樹一直保持沉默。因為她明白她無法馬上做出決定的心情。

「小夏。妳跟瀨戶口同學的好意，真的讓我很開心……」

片刻後，垂著眼簾的美櫻這麼開口。

「那……！」

「可是，妳還是跟瀨戶口同學一起去吧。」

美櫻抬起頭，將觀光手冊還給夏樹。

「美櫻，妳不想見到春輝嗎？」

「我想見他……真的很想見他。」

（果然是這樣呢……）

美櫻像是在忍耐什麼似的將手緊緊握拳。

她的一顆心現在仍在春輝身上。這樣的話，就更應該把她這樣的心意傳達給春輝。

「我們一起去吧，美櫻。這種機會可不會經常出現呢！」

「嗯，我也這麼覺得。能抽到美國旅遊的雙人招待券，真的是很幸運的事。」

美櫻又說了一句「可是……」之後，頓了頓，然後露出像是有些困擾的微笑。

「要是現在見到春輝，我覺得自己可能會哭出來呢。所以……」

「這樣真的好嗎？」

「嗯。我會在日本等他。我已經跟他這麼約好了。所以，妳就跟瀨戶口同學一起去見他吧。春輝一定會很開心的。」

夏樹嘆著氣輕聲叨唸：「這樣啊……」

既然美櫻都這麼決定了，她也不好繼續講：「一起去嘛！」來勉強她。

夏樹重新打起精神，露出笑容回應。

「既然妳這麼說……那我就跟優一起去嘍。等見到春輝，我會交代他：『你要主動聯絡美櫻啦～！』這樣！」

夏樹一如往常以半開玩笑的語氣這麼說之後，美櫻也輕笑出聲。

「那個，小夏……我可以拜託妳一件事嗎？」

「可以啊！妳要拜託什麼事都可以。要我一拳把春輝打倒在地嗎？」

看到夏樹舉起拳頭這麼說，美櫻搖搖頭回答：「不。」

「我有個東西想要給他……現在雖然還沒準備好，但我會趕在你們出發前把它完成的！」

「嗯……我知道了。」

夏樹露出笑容回說：「我一定會轉交給他！」

直到八月初，夏樹和優才動身前往美國。

其實，夏樹原本想馬上出發，但因為手上還有打工和插畫的委託，所以無法休假。而優除了得去大學上課以外，也有家教的打工要做。

選在八月出發的話，屆時春輝和優都放暑假了，時間上應該會更好安排。所以，他們便決定把美國旅行的計畫稍微延後。

把行李寄放在住宿的旅館裡後，在前往春輝住的公寓前，兩人先繞去公園一趟。

雖然去咖啡廳坐坐也不錯，但停靠在公園入口的餐車販賣的熱狗麵包和冰咖啡，看起來實在太美味了。

這座公園裡種植了許多林木，因此樹蔭也不少，在底下休息很涼快。

幾個看似來自附近住家的孩子，在一旁開心地玩滑板和踢足球。

夏樹在長椅上坐下，享用擠上了大量番茄醬和黃芥末醬的熱狗麵包。草木在風中輕輕搖曳的沙沙聲，聽起來令人心曠神怡。

「嗯～！真好吃！」

夏樹不自覺露出滿面笑容。

她望向身旁，發現優正在用手機確認地點。探過頭一看，螢幕上顯示出兩人目前所在地的周邊地圖。

「找得到春輝住的公寓在哪裡嗎？」

「應該可以……他說就在學校附近，從那邊開始找起或許會比較快。」

說著，優抬起頭望向公園的入口處。

他大概是在確認外面那條路上的建築物吧。

「夏樹，妳在這邊等我一下。」

優將自己那份熱狗麵包遞給夏樹，然後從長椅上起身。

「你要去哪裡？」

「公園外頭有一塊地圖告示牌，我過去看看。也順便打通電話給春輝。我還沒跟他說我們已經到了呢。」

拿著手機準備踏出腳步時，優突然又停下動作轉過身來。

「妳不要離開這個地方喔。」

「嗯，沒問題。我會待在這裡顧包包。」

「我馬上回來。」

語畢，優握著手機，朝公園入口小跑步過去。

夏樹望著他離去的背影，以舌頭舔去沾在嘴唇上的番茄醬和黃芥末醬。

優完全還沒動過他的熱狗麵包。

走出公園後，優站在告示牌前方打電話。夏樹眺望著他，又咬了一口熱狗麵包。

這時，一顆足球滾到她的腳邊。

遠處的幾個孩子望向夏樹所在的方向，揮著手不知在說些什麼。

（應該是要我把球丟回去吧？）

因為兩手都拿著熱狗麵包，夏樹從長椅上起身，「嘿！」用腳把足球踢回去。

看到球飛回來，孩子們靈活地用腳開始盤球。

（話說回來，優他們以前也一直在踢足球呢……）

優跟春輝專注地踢球，蒼太則是用樹枝在泥土地上替他們計算得分。一旁的夏樹一邊使勁邋鞦韆，一邊笑著遠眺這三個人的身影。

盛夏的強烈陽光。像棉花糖那樣澎鬆柔軟的白雲。籠罩著公園的蟬鳴。

那些理所當然、並不特別起眼的日常，讓夏樹懷念得瞇起雙眼。

眺望著孩子們嬉戲的模樣片刻後，準備坐回長椅上的夏樹不經意望向一旁。

一個小女孩好奇地探頭打量夏樹包包裡繫上蝴蝶結緞帶的那個禮物盒。下一刻，她抬起頭來，跟夏樹四目相接。

將頭髮以不同顏色的髮圈紮著雙馬尾的她，看起來大概是剛上小學的年紀。

看到小女孩朝自己露齒燦笑，夏樹不禁也回以笑容。

（好可愛喔～）

自己以前也是這個樣子的嗎？在夏樹這麼想時，小女孩冷不防地一把揪住她的包包。

「咦！」她愣住的時候，對方已經高舉著她的包包快步逃走了。

一時沒能反應過來的夏樹，不知所措地望向自己兩隻手上的熱狗麵包。

「等一下，那個包包是我很重要的東西！」

儘管焦急地這麼吶喊，她卻想不到該怎麼用英文說出口。

（呃呃……這時候要用英文說什麼才對啊～～！）

旅遊書後面附錄的「緊急情況的常用對話」，夏樹確實預習過好幾次，但現在她卻只想得到跟店員點咖啡的英文，還有結帳時的英文。

「總之，把包包還給我～～！」

夏樹將手上的兩個熱狗麵包擱在長椅上，匆匆朝小女孩追了過去。

要是包包被搶走，她可會相當傷腦筋。

看到夏樹追過來，小女孩或許也慌了吧，將手上的包包咻地扔向遠處。

跳起來接住包包的，是剛才在踢足球的其中一名少年。

「啊啊，等一下！」

夏樹轉身朝少年所在的方向跑過去。

或許是覺得這樣很有趣吧，「哇～！」那群孩子笑著逃開，還像玩橄欖球傳球那樣將夏樹的包包扔來扔去。

「來捉我啊，大姊姊～！」

拿到夏樹包包的少年這麼大聲挑釁。

「真是的～！既然你來這招……！」

夏樹其實很擅長玩官兵捉強盜。小時候跟優或春輝一起玩時，她甚至從不曾輸給這兩人。

看到夏樹拔腿追上來，那群孩子慌亂地從公園後方翻牆逃了出去。

（咦咦！等一下啦～～！）

夏樹一瞬間猶豫地轉過頭。優站在公園外頭的告示牌前，看起來還在跟春輝通電話的樣子。

（抱歉，優。我馬上回來！）

她可不能把那個包包弄丟。夏樹高舉起拳頭，一邊吶喊：「站住～！」一邊朝那群孩子追了上去。

跟春輝通電話的優，用手指在告示板的地圖上描繪出路線。

「這樣我應該知道怎麼走了。」

『要不要我過去接你們？』

「不，沒關係。看起來感覺不算遠……如果找不到路，我會再打給你。」

『知道了。夏樹跟你在一起對吧？』

「她留在公園裡頭吃熱……」

朝公園內部望去的優，先是「咦？」了一聲，接著快步走回去。

『優？怎麼了？』

他踏進公園裡頭，返回剛才跟夏樹一起坐著休息的那張長椅所在處。

現在，那裡只剩下他的後背包、兩人份的熱狗麵包，還有冰塊開始融化的冰咖啡。

（夏樹……？）

他環顧公園，但完全沒看到夏樹的影子。

此外，剛才在附近玩耍的那群孩子也都不見人影。

坐在一段距離外的長椅上的年長女性，正悠閒地餵著鴿子。

『喂，優……發生什麼事了嗎？』

春輝擔心的嗓音，從優緊握在手中的手機傳來。

他將手機覆上耳朵。

「…………夏樹不見了。」

他茫然地這麼回答後，春輝先沉默了幾秒，接著吃驚地回了一句：『…………啥？』

（夏樹…………！）

優在人行道上奔跑著尋找夏樹的身影。

看到穿著相似的女性，他一瞬間發出「啊！」一聲想開口喚住對方，卻發現原來是不認識的人。

他停下腳步重重吐氣，以手拭去臉上流淌下來的汗水。

『優，有找到嗎？』

春輝擔憂的聲音再次從手機另一頭傳來。

「不……還沒……她搞不好在哪裡迷路了。」

周遭盡是看起來陌生無比的建築物。

（她會在哪裡啊……）

優氣喘吁吁地將上半身微微往前傾，雙手也撐在雙膝上。

明明沒有跑多遠，他的心跳此刻卻劇烈不已。

強烈的陽光幾乎曬得他睜不開眼。

夏樹是在他跟春輝通電話的短短時間內不見的，應該不至於跑到太遠的地方去。

或許是繞到哪條岔路去了——優這麼想著，將這一帶搜索了一遍，不過還是沒看到夏樹。

他抬起上半身，再次環顧周遭。

儘管春輝已經呼喚他的名字好幾次，他卻完全沒聽到。

『喂，優！』

春輝提高音量的呼喚聲，讓優猛然回神。

他將手機覆上耳朵，傳來春輝的勸誡聲：『你先冷靜點。』

（沒錯，我這樣乾著急也無濟於事啊……）

「抱歉……我沒事……」

優回應春輝的嗓音，顫抖到連他自己都聽得出來。

他以另一隻手揚起瀏海，以雙眼打量四周。

（不會有事的。她可是夏樹啊，八成只是迷路了而已吧。）

『你有試過打夏樹的手機嗎？』

「我剛才就一直打……可是都打不通。」

『……我也過去你那邊吧。在我抵達之前，你再打給她一次試試。』

「知道了……我會的。抱歉喔，春輝。」

『沒關係啦。夏樹像這樣引起騷動，早已經是家常便飯了吧？』

聽到春輝從電話另一頭傳來的輕笑聲，優的臉上跟著浮現淺淺笑意。

他打從內心覺得有順利聯絡上春輝，真的是太好了。在這種關頭，他總是比誰都來得可靠。

（我……真的很沒用呢。）

只要是牽扯到夏樹的事情，他馬上會變得無法從容應對。

或許是因為打從孩提時代，他就一直被夏樹不按牌理出牌的行動牽著鼻子走的緣故吧。畢竟夏樹老愛做出一些令人完全無法預料的事情。

結束跟春輝的通話後，優隨即試著撥打電話給夏樹。

無論等了多久，傳入耳中的都只有電話響的聲音。

即使重打，情況也沒有任何改變。

『夏樹，妳現在人在哪裡？』

他發送了這樣的訊息過去。然而，顯示在螢幕上的只有並排的相同訊息，而且一直都是未讀的狀態。這讓優加倍感到不安。

（她都沒看手機嗎……？）

要是迷路了，夏樹應該會馬上打電話給他才對。

然而，一直到現在，優都沒有接到任何來自她的聯絡。

優凝視著顯示在手機螢幕上的夏樹的名字，緊緊咬住下唇。

（妳到底在哪裡啊，夏樹…………）

跟丟了搶走自己包包的那群孩子後，夏樹環顧周遭，忍不住「咦？」了一聲。因為四周清一色是她不曾看過的店家。

「這裡……是哪裡？」

儘管想繼續找那些孩子，但他們似乎都各自分散逃跑了。

夏樹開始冒起冷汗，她將雙手「啪」地一聲貼在自己的臉頰上，然後輕喃著：「難不成……」

「我迷路了嗎——！」

（怎麼辦……我的手機也在包包裡頭呢！）

別說是聯絡優了，她甚至無法確認自己目前的所在地。

旅遊書附贈的隨身攜帶用地圖，一直都是優帶在身上。

「總之，先折回剛才那座公園吧！」

優或許已經在忙著找她了。

夏樹急急忙忙朝剛才過來的方向一路跑回去。

恐怕只能先跟優會合，之後再來尋找包包的下落吧。

（果然也不在這裡……嗎……）

環顧公園內部後，優失望地垂下雙肩。

「優！」

聽到這個呼喚聲，他轉過頭，發現春輝朝這裡跑來。

他們倆剛才分頭去尋找夏樹。既然春輝一個人跑回來，就代表他也沒有收穫吧。

「她不在這裡嗎？」

春輝以視線掃過公園內部，再次尋找夏樹的身影。

「嗯……」

夏樹還不至於搭上公車或電車移動。如果徒步的話，行動範圍就很有限。

優的心頭湧上不祥的預感。他不安地表示：「或許請警察協尋比較好……」

「因為她也不接電話嘛……」

春輝露出一臉嚴肅的表情附和。優再次掏出手機確認，但這段期間，他依舊沒有收到任何聯絡，傳送給夏樹的訊息，也一直維持著未讀的狀態。

一陣轟隆隆的雷聲傳來，公園裡的林木枝葉跟著沙沙作響。

風似乎變強了。天色看起來也比剛才更暗一些。原本的蔚藍天空，現在被感覺會降下滂沱大雨的灰色雲層遮掩住。

對優拋下一句「你等我一下」之後，春輝朝遠處的一張長椅走去。

看到春輝主動過來搭話，坐在那張長椅上的老婦人和鄰座的小女孩面面相覷。

因為也有些在意，優來到和兩人交談的春輝身旁。

「我知道那個大姊姊！」

小女孩搖晃著雙腿，以充滿活力的嗓音這麼表示。

優和春輝忍不住看了彼此一眼。

為了配合小女孩的視線高度，春輝隨即單膝蹲下問道：

「可以告訴我那個大姊姊去哪裡了嗎？」

「嗯～……我不知道大姊姊去哪裡了，但我知道她剛剛追著哥哥他們跑喔！」

「妳說哥哥……是妳的哥哥嗎？」

優從旁插嘴問道。

「嗯，對啊！」

小女孩點頭表示：「是我哥哥！」然後從長椅上輕快地跳下來。

這時，一群男孩子有說有笑地走進公園。小女孩朝他們跑了過去。

看到其中一個男孩子手上的包包，「啊！」優不禁驚呼出聲。

「春輝，那是夏樹的包包！」

聽到優這麼說，春輝跟著望向他手指的方向。

發現春輝和優注意到這邊之後，男孩子們忍不住喊了一聲：「糟糕！」

下一刻，他們全都默契十足地轉身，慌慌張張準備再次逃跑。

「……優，我們兵分兩路包抄他們。」

點頭同意春輝的提議後，優便和他分別朝左右兩邊跑出去。

「你們站住！」

春輝這麼大喊後，跑在前方的男孩子們轉頭發出「哇～！」的驚叫聲。

接著，優從反方向繞過來，擋住了他們的去路。

春輝一下子就追上男孩，為了避免男孩再次開溜，一把揪住他的衣領。

「嗚哇，放開我！」

一旁的優則是沒收了被男孩子抓在手中揮舞的包包。

「遊戲結束了。」

聽到春輝這麼宣布，其他孩子們也露出「唉唉～」的表情而停下腳步。看來他們是放棄繼續逃跑了。

雖然一臉不滿，但被沒收包包的男孩子還是變得安分下來。

看到這樣的他，方才的小女孩哈哈大笑著表示：「哥哥被抓到了！」

「嗚嘎～！下大雨了！」

夏樹慌張地跑到鄰近咖啡廳的遮雨棚下方。

她一瞬間就淋成了落湯雞。

因為烏雲密布，這一帶的天色顯得相當陰暗，周遭景色也因為暴雨而變得模糊。

夏樹以手擰乾因為吸水而變得沉重的T恤下襬。

（優現在一定很擔心我吧……）

不僅手機和錢包都不在身上，夏樹甚至無法確認自己目前的所在地。

原本打算馬上掉頭回公園的她，因為剛才到處狂奔，現在兩隻腳痛得要命。

她望向自己腳上那雙濕透的運動鞋。

因為踩到水坑，整雙鞋子看起來都髒兮兮的。

（果然應該先跟優說一聲才對………）

剛才，她滿腦子只有得把包包拿回來的想法，所以沒想太多就一個人衝出公園。

不但跟丟了那群孩子，現在又迷路了。夏樹離開公園後，至今已經過了一小時以上的時間。優想必正擔心地到處找她吧。

「妳不要離開這個地方喔。」

她想起優那句叮嚀。

這場雨看起來暫時是不會停了。

夏樹頹坐下來，以雙手抱著雙腿，茫然地望向天空。

（小時候，我好像也曾經像這樣等優過來找我……？）

那是小學時去森林公園集訓發生的事情。夏樹獨自一人在森林裡迷路時，很不巧地又下起雨來，她只能狼狽地逃到樹下躲雨。

不知道怎麼走回宿舍，也不知道該怎麼辦，她一邊哭泣一邊以細微的嗓音不斷呼喚優的名字。

「夏樹～！」

回想起當時聽到的呼喚聲，夏樹微微瞇起雙眼。

（那時，優超級擔心我呢……找到我的時候，他急急忙忙趕過來，還對我怒吼：「妳在搞什麼啊！」）

來找她的優同樣渾身濕透，褲子和鞋子上也到處都是泥巴。看到這樣的優，年幼夏樹內心的不安瞬間迸裂開來。她撲向優，緊抓著他嚎啕大哭起來：「嗚哇啊～！」

在遲了片刻的春輝和蒼太趕來前，她似乎一直這樣哇哇大哭個不停。

這段期間，優只能以困擾至極的表情望著她。

「………優。」

不安的嗓音從夏樹的唇瓣之間流洩出來。

她對抱著雙腿的雙手使力，然後垂下頭。

她不可能永遠當個孩子，所以，也不應該再讓優為了自己的事而操心。她明明很清楚這一點才對。

吸了吸鼻子後，夏樹用力抬起頭。

「現在不是垂頭喪氣的時候啦！」

就算呆坐在這裡，也無法解決任何問題。

她試著讓自己轉換心情，然後起身。

「不要緊。我應該沒有離開公園太遠。去問問他人就好了！」

話雖如此，下著傾盆大雨的路上，幾乎不見半個行人的身影。

夏樹轉身望向後方，隔著玻璃窗朝咖啡店內部窺探。

吧檯後方有一名男性店員在工作。裡頭看起來只有一組客人。

「要……進去請教店員嗎？」

說著，夏樹又猶豫地喃喃唸道：「可是啊～～」

她對自己的英文沒有自信。雖然在出發前讀過了旅行常用的簡單英語會話的書籍，但現在，她只記得結帳和點餐的英文。

（原本想說反正有優在，所以不會有問題……早知道就認真學起來了！）

夏樹以雙手抱頭，發出「唔～」的痛苦呻吟。

打從高中時期開始，英文就是她相當不擅長的科目。夏樹想起每次在英文考試前，自己都得接受優的特訓一事。

「請問…………」

一個有幾分顧慮的嗓音傳來，讓夏樹猛地轉頭望。

剛才待在吧檯後方的男性店員，打開咖啡廳大門探出頭來。

「哇啊！對不起！」

夏樹連忙向對方道歉。難道是因為她在外頭躲雨，造成店家的困擾了嗎？

看到她猛地彎腰鞠躬的動作，男性店員先是吃驚得圓瞪雙眼，隨後走到店外。

「呃～難道妳是日本來的人？」

聽到對方以不太流暢的日文這麼問，夏樹「咦？」地抬起頭。

「對！我是日本來的人！」

夏樹隨即這麼回答。聽到男性店員以自己能夠理解的語言搭話，讓她鬆了一口氣。

「啊！太好了。我還想說要是弄錯了該怎麼辦……」

男性店員將一隻手撫上後腦勺，露出看似安心的淺淺笑容。

他是個看起來有些軟弱的青年。頂著一頭亂髮，制服圍裙的肩帶也歪向一邊。

「請問妳怎麼了呢？是不是有什麼困擾……」

男性店員這麼詢問後，夏樹雙眼發亮的那張臉瞬間逼近他。

「我很困擾！超級困擾的！」

她的行動讓男性店員吃驚地往後退，還大大踉蹌了一下。

「所以，妳原本打算追回自己的包包，最後卻迷路了嗎？」

「沒錯！不但沒拿回包包，也沒辦法聯絡優，又不知道這裡是哪裡，正覺得走投無路的時候，居然還下起雨來了。」

「這還真是……呃，該怎麼說呢……一場災難？」

對方說得沒錯。夏樹不禁嘆了一口氣。

邀請夏樹到店內休息的青年表示自己叫做丹尼爾。

他過去在大學裡學過日文，可說是不幸中的大幸。現在，他正坐在夏樹對面的椅子上，聽她說明事情的原委。

要是丹尼爾沒有主動向她搭話，夏樹恐怕就得一直待在外頭的遮雨棚下方等待雨停了。

用借來的毛巾把頭髮和手臂擦乾時，突然有人在餐桌上重重放下一只馬克杯。夏樹吃驚地抬頭，發現一名面無表情的年長男子捧著托盤站在桌邊。

朝夏樹看了一眼後，男子便一語不發地走回吧檯後方。

夏樹困惑地望向他放在桌上的馬克杯。

裡頭裝著滿滿的熱拿鐵。

「那個……丹尼爾，雖然有點難以啟齒……但我的錢包放在包包裡面，所以……我現在身上沒有半毛錢呢。」

夏樹貼近丹尼爾的耳畔，壓低音量這麼對他說。

她朝吧檯的方向瞄了一眼。方才那名年長男子現在正坐在椅子上，雙手攤開報紙聽著廣播。

「噢，妳在擔心這個……不要緊的。那個人是店長。這是他招待妳的。」

語畢，丹尼爾朝夏樹露出微笑。

「真的沒關係嗎？」

「嗯。有難的時候就要互相幫忙嘛。」

「謝謝！那我就不客氣了。」

夏樹以雙手捧起馬克杯湊近嘴邊。喝了一口之後，溫醇的甜味和奶味在口中擴散開來，不但美味，也讓暖意滲透到身體每個角落。

「如果能聯絡上妳說的那個優，他就會來接妳嗎？」

「應該是……」

（他現在或許跟春輝在一起……）

「那要不要用我們店裡的電話打給他試試？」

丹尼爾指著收銀機旁邊的市內電話機這麼問。

「啊，對喔！」

聽到他的提議，夏樹隨即起身，但又在沉思數秒後坐回椅子上。

「還是行不通！」

「咦，為什麼？」

「因為……我不記得優的手機號碼啊～～！」

夏樹先是沮喪地垂下頭，接著又抬起頭喊了一聲：「啊，可是！」

「我說不定想得起來！我覺得我再一下下就可以想起來了！」

然而，浮現在腦中的電話號碼，感覺都不是正確答案。

苦惱了片刻後，夏樹再次垂下頭表示：「果然行不通嗎～」

丹尼爾也露出一臉傷腦筋的表情。

「走回剛才那個公園的話，優說不定就會找到我了。」

夏樹望向窗外，雨勢看起來愈來愈大。

「妳說的公園在哪裡？」

「這個我也不知道呢。它的門口有賣熱狗的餐車，然後公園本身的規模不算大……我覺得應該不至於離這裡太遠。」

這麼回答後，夏樹像是想起什麼似的補上一句：「啊，對了！」然後望向丹尼爾。

「那座公園在春輝念的學校附近！」

「春輝……？」

「他是我跟優的朋友……這附近有沒有專攻電影的學校？」

「啊，嗯，有喔。妳說的春輝在念那間學校嗎？」

「對！我跟優就是來美國找他的。」

「我說不定有辦法跟那個春輝取得聯繫……」

以手抵著下巴思考片刻後，丹尼爾這麼表示。

「咦！真的嗎？」

「嗯。因為我有朋友也念那間學校。」

優站在地下鐵的車站外頭，以雙眼在來來去去的人潮中搜尋。

從傘緣滴下來的水珠，徹底打濕了他的肩膀。疾駛而過的車輛，將路上的積水高高濺起。

（還小的時候……也發生過這種事情呢……）

某次參加學校的森林公園集訓活動時，夏樹突然失蹤，結果引發一場不小的騷動。那天也像現在這樣下著大雨。為了尋找夏樹，他四處奔波，弄得全身沾滿泥濘，發現她蹲在樹下的身影時，心臟差點跟著爆炸。

（真的很會給人添麻煩耶……）

「優～！」

聽到這個呼喚聲，優抬起頭，看到春輝朝這裡跑過來。

「我知道夏樹現在人在哪裡了。」

握著手機的他朝優露齒燦笑。

「咦！她在哪？」

「目前待在一間咖啡廳裡。是我學校裡的朋友通知我的。」

春輝似乎也不明白其中的原委，歪過頭喃喃叨唸：「但為什麼是他通知我啊？」

優輕聲複述「咖啡廳……」三個字，有種全身脫力的感覺。

看來，可以不用擔心夏樹在這場大雨中陷入求助無門的窘境了。

「我已經問到那間咖啡廳的地址………喂，優，你沒事吧？」

像是雙腿一軟那樣在原地蹲下，優以點頭代替回答春輝的問題。

「…………我好久沒看到你慌成這樣了呢。」

春輝望著一臉疲倦地抬起頭的他笑道。

「春輝～！你說你找到橡樹了？」

「不對啦，艾瑞克，是莎樹！」

「咦～！他要找的人不是叫夏綠蒂嗎？」

高聲嚷嚷著現身的，是春輝的室友和學校認識的朋友。受春輝之託，他們也一起幫忙尋找夏樹。

「「她、叫、做、夏、樹。」」

優和春輝同時這麼出聲回應，然後一起笑出聲。

夏樹坐在咖啡廳最裡頭的座位上，以雙手捧起馬克杯湊近嘴邊。

她望向窗外，發現雨勢已經減弱。不知何時開始變得熱絡的客人交談聲，和店內廣播的音樂一起傳入耳裡。

丹尼爾已經幫她聯絡上春輝。只要待在這裡等，優和春輝就會來接她。

看來，夏樹本身的問題已經獲得解決了。比起這個，更關鍵的是她的包包。

（如果找不回來的話，該怎麼辦才好啊～～！）

她將馬克杯放回桌上，重重嘆了一口氣。

「這樣我可會沒臉見美櫻呢……！」

雖然不知道美櫻請自己轉交的東西是什麼，但那個盒子用包裝紙包得很精美，還繫上了一條緞帶。

那裡頭裝著現在的美櫻滿滿的心意。

「我想見他……真的很想見他。」

夏樹回想起美櫻以有些哽咽的語氣說出這句話的模樣。

那是美櫻無法親自來見春輝一面，所以託付夏樹轉交的東西。

要是把它搞丟了，夏樹真不知道自己是為了什麼而千里迢迢來到美國。

（重要的東西應該交給優保管才對呢。我丟三落四的個性也太誇張了吧！）

在夏樹就要陷入自我厭惡的情緒裡時，一陣「唰啦！」的清脆聲響在店內傳開來。

丹尼爾慌慌張張地蹲下，伸出手收拾散落一地的杯子碎片。

看著這樣的他，夏樹不禁擔心地想著：「沒事吧……？」同時，丹尼爾還不停向一位沉著臉的女性客人道歉。或許是咖啡不小心潑濺到對方的鞋子上了吧。

這時候，又有一組客人踏進店內，在空的座位上坐下。

待在吧檯後方的店長忙著泡咖啡和炸薯條，看起來也是分身乏術的狀態。

店員看似只有丹尼爾一人，完全無法應付這樣的忙碌時段。

雪上加霜的是，他還因為踩到灑在地上的咖啡而滑倒，一屁股跌坐在地上。

（啊啊，我能理解！我一開始也經常像這樣出錯呢！）

進入專科學校就讀後，夏樹便一直在咖啡廳打工至今。剛開始打工時，她也常常把事情搞砸，並為此焦急不已。所以，看到這樣的丹尼爾，夏樹感同身受。

更何況，丹尼爾還是邀請她到店內躲雨，甚至幫她聯絡上春輝的恩人。

（我至少也得貢獻出與一杯拿鐵咖啡同等的勞力才行！）

夏樹喊了一句：「我決定了！」然後從座位上起身。

「我來幫忙吧！」

聽到她這麼說，用拖把擦拭著地板的丹尼爾露出驚訝的表情。

夏樹走向吧檯，看到客人的點單壓在杯子下方。單子上有標註桌號，所以應該不至於弄錯。

（好，上工吧！）

這麼為自己打氣後，夏樹捧起托盤。

「中杯咖啡、蘋果派，還有大份薯條！然後這張是……三號桌，拿鐵咖啡和起司漢堡各一！」

確認過點單內容後，她開始幫忙將餐點送往各桌。

返回吧檯後，原本忙著沖咖啡的店長朝夏樹瞄了一眼。

她將店長端過來的馬克杯、蘋果派和裝著薯條的盤子放上托盤，以另一隻手抽起點單，然後俐落轉身。

夏樹早已習慣這種忙碌的外場工作了。她打工的那間咖啡廳，遇到尖峰時段，湧進來的客人數量甚至可以多達這裡的三倍。更何況，她並不討厭像這樣勞動。

她來到靠窗的座位，「讓您久等了！」向年紀稍長的男性客人打過招呼後，她將馬克杯放在他的桌上。

男子露出微笑，以「Thank you」向夏樹表達謝意。夏樹也開心地以笑容回應對方。

打開咖啡廳大門踏進裡頭後，優不禁愣在原地輕喃了一聲：「咦，為什麼？」

因為，在熱鬧的店裡精神百倍地擔任外場員工的那個人，不是別人——

正是夏樹。

她時而替客人點餐，時而將吧檯上的餐點或飲料端到客人桌上，忙碌地來回走動著。

「夏樹……妳在幹嘛啊……？」

優呆站在門口這麼問。聽到他的聲音，夏樹欣喜地轉過頭來。

「啊，優！」

她先是露出一臉開心的表情，接著又表示：「啊啊，但你再等我一下喔～我把這些收拾掉！」然後俐落地將桌上的空杯放回托盤上。

眼前熟悉的景象，讓優忍不住伸出手指掐住自己的眉心。

（這個……應該是夏樹平時在店裡打工的樣子吧……？）

有誰會想到，遠赴千里來到美國後，竟然又會看到相同的光景？

在優之後踏進店內的春輝，關上店門後轉過身來。

「咦，夏樹她……為什麼在幫忙？」

瞥見夏樹的身影後，春輝也露出詫異的表情。

突然跑不見人影、手機也聯絡不上，還讓眾人為了找她而跑遍大街小巷。

好不容易找到人，卻看到她在咖啡廳裡當服務生。

（一點都不明白別人的感受…………！）

優強忍住內心一堆想要說的話，深深吸了一口氣。

「夏樹！」

優的吶喊聲響徹了店內，原本熱鬧的咖啡廳，一下子變得鴉雀無聲。

客人們一臉疑惑地望向優。

「咦？」捧著托盤的夏樹也停下動作。

優皺著眉頭走過用餐區一張張的桌子。

看到他臉上的表情，即使是夏樹，也能明白優現在火冒三丈。

她帶著一臉僵硬的表情，以雙手將托盤抱在懷裡。

「優……那個……呃～我現在這樣是有原因的…………」

「妳在搞什麼啊！」

聽到優的怒吼，夏樹不禁縮起脖子，緊緊閉上雙眼。

店裡的客人也屏息觀看兩人接下來的發展。

「………對不起………」

垂著頭的夏樹輕聲這麼開口。

優以有些粗魯的動作攬住她的頭，抵上自己被雨淋濕的襯衫。

（我真的緊張到快死了啊……）

他知道自己的心跳，一直維持著急促不已的狀態。

「我不是千交代萬交代……要妳別離開公園了嗎？」

吐出一口氣後，優壓低嗓音這麼開口。

將臉埋在他胸口的夏樹點頭「嗯」了一聲。

或許是原本繃緊的神經突然斷線了吧，「嗚哇啊——！」她放聲大哭起來。

她的手緊緊揪住優濕透的襯衫。

「對不起……優……真的……對不起！」

她使勁全力抱住優，優將雙手環上她的背。

（真是…………）

正打算緊緊擁住她時，店裡突然響起如雷的掌聲。

是看似大受感動而起身的其他客人。

聽到眾人的調侃，夏樹和優「咦？」地面面相覷。

回想起這裡是咖啡廳店內，是眾目睽睽的場所後，優隨即鬆開自己的雙臂。

「這說不定是我人生中最誇張的失態……」

優以一隻手掩著紅通通的臉頰，不自覺地這麼開口。夏樹則是開心地笑著摟住他的手臂。

「真是的……你們還是老樣子啊，動不動就製造騷動的情侶。」

春輝雙手扠腰這麼笑道。

「請問～」

一個帶著幾分顧慮的嗓音傳來。春輝轉頭一看，捧著托盤和咖啡杯的青年店員站在他身旁。

「難道你就是那個聯絡我的人？」

「是的，我叫做丹尼爾・卡塔。你就是春輝？」

「沒錯。謝嘍，你真的幫了我們超大一個忙！」

「啊，不會……她剛剛在店裡也幫了我們非常多忙。」

朝春輝一鞠躬之後，丹尼爾望向夏樹和優。

「…………她說的優，原來是男孩子啊。」

聽到丹尼爾的輕喃，春輝朝他瞄了一眼。

察覺到春輝的視線後，丹尼爾有些慌張地補上一句：「啊，不……他們能團圓真是太好了。」然後露出苦笑。

春輝伸出手輕拍他的肩膀，將視線拉回優和夏樹身上。

「……早知道應該把相機帶過來呢。」

「丹尼爾，謝謝你幫了這麼多忙！」

「嗯，保重，夏樹。還有優……你也是。」

看到丹尼爾伸出友誼之手，優也伸出手回握，並向他說了聲：「謝謝。」

這時，店長從吧檯後方走出來，面無表情地將一個紙袋遞給夏樹。

放在裡頭的，是包在紙包裡的三明治，以及裝在外帶用紙杯裡的咖啡。

夏樹吃驚地望向店長的臉，接著連忙鞠躬表示：「非常感謝您！」

店長只是雙手抱胸朝她點點頭，隨後又馬上返回吧檯後方。

「那麼，保重嘍！」

「你們也是。」

揮手道別後，夏樹等人打開大門步出咖啡廳。

雨勢已經完全停歇，天空開始染上夕陽的橘紅。

夏樹仰望這樣的天空，「嗯～！」她舉高雙手伸懶腰。

「這種事情，拜託下不為例喔。」

優輕敲她的額頭這麼說。夏樹輕輕點頭，以「嗯……」回應他。

（我絕對……不會再離開你的身邊了……）

害羞地笑了笑之後，夏樹喊了一聲：「對了！」

「春輝，好久不見啦～！你過得好嗎？」

說著，夏樹重重地拍了春輝的背一下。

原本在用手機和朋友聯繫的後者，帶著一臉沒好氣的表情轉過身來。

「我真希望可以在更正常的情況下聽妳說這句話耶。」

「抱歉！不過，原來你在學校裡也很有名啊。托你的福，我才能順利聯絡上優呢～」

「只是剛好有認識我的人罷了。不過，看到妳還是老樣子，我倒是覺得挺放心的呢，夏樹。別讓優為妳操心過頭了啦。」

視線和優交會後，夏樹輕聲回答：「我會反省……」那種不安無助的感覺，她也不想再經歷第二次了。

手機響起後，春輝隨即接了起來。是學校友人捎來的聯絡。

「抱歉，夏樹、優。我突然有點事要處理！」

結束通話後，春輝看起來有些愧疚地朝兩人雙手合十這麼開口。

「咦咦！我們難得見到面耶～？」

「要是妳沒迷路，我們原本可以更悠閒地聊天呢。」

優將手放在夏樹頭上這麼說。

「是這樣沒錯啦～！」

「你們倆不是會一直待到後天嗎？啊！對了，這個拿去吧。」

說著，春輝從口袋裡掏出一個信封袋遞給優。

「這是目前正在附近的表演廳上演的音樂劇門票。機會難得，你們去看看吧。」

「咦！音樂劇？」

夏樹的眼睛瞬間發亮。

確認過門票內容後，優將視線移回春輝身上詢問：「可以嗎？」

「我就是為了讓你們去看，才弄來這兩張票啊。我自己已經看過三次了，這齣音樂劇真的超棒的喔。那我之後再聯絡你們。夏樹，可別再迷路了啊～」

跑步離開的春輝，轉頭朝兩人露齒燦笑。

「春輝，順便代替我跟你學校的朋友問好啊。幫我跟他們道謝一下。」

優連忙朝著春輝的背影這麼大喊。後者輕輕揚起一隻手，像是在說「我知道了」。

兩人就這樣目送著春輝離去，直到他的身影消失在街道轉角處。

「春輝感覺一點都沒變呢。對了，你說要跟他學校的朋友道謝？」

「因為那群朋友幫我們一起找妳啊。」

「這樣嗎！那得跟他們說謝謝才行呢！」

「我就是這個意思。」

看到優轉身踏出步伐，夏樹也走到他的身旁，跟他並肩前進。

接著，夏樹像是突然想起什麼重要的事情般，「啊！」地大叫一聲。

「對了，得把我的包包找回來！」

現在可不是悠哉去看音樂劇的時候。就在夏樹為此焦急不已時，優卸下自己的後背包，再拉開拉鍊。

「是這個吧？」

映入夏樹眼簾的，正是她的包包。

她吃驚得瞪大雙眼，看了看優，又看了看自己的包包。

「咦！怎麼……會在你身上？」

「我在公園裡看到一個小孩拿著它，就去討回來了。那孩子後來有道歉，說他只是想捉弄妳一下而已。」

夏樹連忙打開自己的包包確認內部。美櫻拜託她的那盒東西，還完好如初地放在裡頭。因為被優收在後背包裡，她的包包沒有被雨水淋得太濕。手機也好好地躺在裡頭。

「太好了～～！」

終於鬆了一口氣的夏樹將包包揣入懷裡。

「我原本還在想，要是包包找不回來，不知道該怎麼辦才好呢……」

「裡頭放了什麼？」

「美櫻拜託我的東西。我得把它轉交給春輝才行呢！」

但春輝早就已經不見人影了。

「我還是追過去吧……！」

夏樹正準備拔腿衝刺時，優一把拉住她的手臂。

「春輝不是說會再聯絡我們嗎？我們馬上可以再見到面啦。到時再交給他就可以了吧？我今天已經不想再追著別人跑了。」

「說得也是喔……」

雖然也想早點交給他——

（但既然還會待在美國，就沒必要太著急吧？）

比起匆匆交給春輝，夏樹更希望能好好把美櫻的心意一併轉達給他。

「在那之前，我得好好保管它才行，絕不能搞丟！」

「先回旅館一趟吧？我想換件衣服。」

「嗯，也好。」

笑著這麼回答後，夏樹和優一起踏出腳步。

水滴在地面的水坑上激起漣漪。

車輛在夕陽餘暉籠罩的柏油路上疾駛而過。

那齣音樂劇果然不愧是春輝掛保證的作品，他們看得開心又入迷到忘記時間。

除了讓人捧腹大笑的滑稽場面，也有賺人熱淚的橋段，最後則是讓人感動不已的結局。

步出表演廳後，夏樹和優的心情依舊澎湃不已。

「真好看～～！好想再看一次喔！」

「就是啊。之後得跟春輝道謝才行。」

優也一臉滿足地附和。

走到已經能看見兩人住宿的旅館之處時，夏樹突然停下腳步。

「那個啊……」

她伸手扯了扯優的衣袖，優止步轉過頭來。

「怎麼了？」

「今天……真的很抱歉！」

夏樹下定決心這麼開口後，優露出有些驚訝的表情。

「沒關係啦……反正包包有找回來，妳人也沒事就好。」

以溫柔的語氣笑著這麼回應後，優轉身準備踏上旅館門口的階梯。

（可是，我一定讓優超級擔心吧……）

來咖啡廳接她的時候，優是渾身濕透的狀態。

他雖然有撐傘，但或許是因為不停東奔西走，所以身體還是被雨水打濕了吧。

人生的每一天都在變化，人們的情感和關係也會跟著出現變化。

之前，聽到美櫻和春輝的現況時，夏樹其實也感到微微的不安。

她跟優將來又會變成什麼樣子呢？

不過，變化也不見得一定是壞事。

優和夏樹也不是一開始就是這樣的關係。

兩人相識的時候，只是普通的鄰居而已。之後，他們成為兒時玩伴，內心的「喜歡」也在不知不覺中轉化成「愛戀」。

之後，即使如願成為男女朋友，兩人仍擺脫不了兒時玩伴的相處模式。一開始，就連牽彼此的手，都讓他們感到彆扭不已。

但現在，沒有牽手的時候，反而會感到有些空虛。

那麼，接下來又怎麼樣呢？

會出現什麼樣的變化？

未來是無法預測的。出乎意料的事情，總會接二連三地發生。

或許會哭泣，也或許會展露笑容。

不過，無論發生什麼事，她都想跟優在一起。

從兒時到現在，這樣的想法一直都不曾改變。

（在我心目中，優就是最棒的。）

夏樹的嘴角揚起笑意。

我比任何人都要喜歡你，也比任何人都要重視你。
所以，之後也要讓我繼續喜歡你喔——

「夏樹……？」
踏上樓梯走了兩階後，優停下腳步轉過身。
夏樹咚一聲踏上階梯，然後稍稍踮起腳。
在旅館的燈光照耀下，兩人的影子重疊在一起，一直延伸到人行道上。

望向這裡的旅館大廳服務生，吃驚得不小心將腳邊的行李箱弄倒。
夏樹收回踮起的雙腳，將雙手藏在身後害羞地笑了笑。
「啊，對了，得把咖啡廳店長送的三明治吃掉才行！我肚子餓了呢～～」
她輕快地踏上階梯，朝旅館入口處的大門走去。
「優，不快點來的話，我就要一個人全部吃掉嘍～？」

夏樹轉身，發現優杵在原地，以一隻手掩住自己紅通通的臉。

「總覺得這幾天過得好匆忙啊。」

來到機場為兩人送行的春輝，將雙手插在褲子口袋裡笑著這麼說。

拖著行李箱的旅客們在機場大廳來來去去。

「但我玩得很開心喔。多虧你給的票，還看了一場好棒的音樂劇！」

「我昨天一直被她拖著到處逛街買東西呢。」

優帶著幾分疲憊的臉露出苦笑。

「因為～我得買禮物回去給燈里和美櫻啊！而且還有爸爸他們。」

「妳有好好買虎太朗那份禮物嗎～？」

「啊……嗯。我會在機場裡隨便挑盒杏仁巧克力之類的。」

「至少買件T恤給他啦。」

「對了，幫我把這個轉交給咲哥吧。有遇到他時再給就好。」

說著，春輝將一個紙袋遞給優。裡頭是滿滿的ＤＶＤ光碟。

「這些都是你拍的影片嗎？」

「我原本打算之後再寄給他……」

「明白了，我會幫你轉交。」

「對了，趁現在還沒忘記的時候！」

突然想起什麼，夏樹從優的後背包裡取出一包東西。

「春輝，這是美櫻拜託我轉交給你的東西。」

夏樹有些強硬地將它塞到春輝手上。後者吃驚地注視了這包東西幾秒。

「其實……美櫻才是最想來見你的人喔。」

夏樹以認真的表情這麼開口。

春輝先是抿唇，接著當場就把包裝紙拆開。

「是什麼東西？」

因為很在意，夏樹忍不住開口詢問。結果春輝「呵」地輕笑一聲。

「為什麼要在夏天送我自己編織的手套啊……」

他的這句輕喃，或許是想說給不在現場的美櫻聽的吧。

夏樹和優不禁面面相覷。夏樹也沒聽美櫻說過要請她轉交的是什麼東西。

在即將啟程前往美國的前幾天，美櫻將一包東西交給夏樹。

「請幫我轉交給春輝……這是我一直沒能送給他的東西。」

夏樹回想起美櫻當時說過的這句話。

春輝拾起和手套一起裝在盒子裡的一張小卡片。

上頭寫著一行文字。

「ＨＡＰＰＹ　ＶＡＬＥＮＴＩＮＥ」。

春輝凝視著卡片的眼神頓時變得溫柔起來。

「幫我跟美櫻說一聲……我確實收到她的禮物了。」

「嗯，我知道了……我一定會轉告她。」

夏樹笑著這麼回應。

（美櫻一定會很開心吧……）

光是這樣，她特地來一趟美國就有意義了。

這時，提示搭機時間的廣播傳來。優望向自己的手錶。

「夏樹，時間差不多了……不好意思，春輝，還讓你來機場送我們。」

「不，能見到你們，我也覺得很開心。路上小心啊～夏樹，妳可別在機場裡迷路，結果搞得來不及搭上飛機喔。」

春輝望向夏樹這麼調侃。

「我怎麼可能在機場裡迷路啦！」

「我總有種不好的預感耶……」

優帶著不安的表情輕聲開口。

「真是的～怎麼連優也這樣啊！」

看到夏樹氣呼呼的模樣，優和春輝一起笑了出來。

（美櫻，我已經幫妳轉交給春輝嘍……）

MILK

生日快樂，戀人們
Souta
Akari

生日快樂，戀人們

八月下旬的某天，蒼太被優約出去釣魚。
兩人的目的地是位於露營區裡頭的人工釣魚池。
他們聽著周遭的蟬鳴鳥叫，默默坐在池畔二十多分鐘，但釣竿前端的釣魚線卻遲遲不見任何反應。
「咦？你跟夏樹跑去找春輝？」
初次聽聞美國行一事的蒼太，吃驚地望向優這麼問。
「因為我參加商店街的抽獎活動，結果碰巧抽到頭獎。」
「頭獎是美國旅遊招待券？」
「對，美國旅遊招待券。」
（原來這種事真的會發生啊……）
從以前到現在，蒼太都不曾在這類抽獎或摸彩活動中抽到什麼獎項。

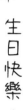

「感覺你的運氣一直很不錯耶，優。」

「會嗎？這很普通吧。」

「抽到美國旅遊雙人招待券，才不叫普通呢。」

蒼太以單手托腮，凝視著釣魚池的水面。

儘管池子裡的水清澈到可以看見池底，卻沒有半條魚靠近。

一旁的看板上寫著可以釣到紅點鮭，但或許魚群都躲在岩石下方吧，池子裡幾乎看不到半隻游動的魚，只有趴在岩石上方悠哉睡午覺的烏龜。

「春輝過得好嗎？」

「嗯，他看起來很好。」

「你們有去哪裡觀光嗎？」

「春輝給了我們兩張音樂劇的門票，所以我就跟夏樹去看。另外，就是到處逛街買東西了吧。」

「音樂劇啊～真好～」

在美國當地演出的音樂劇，想必很值得一看吧。

平日有在撰寫劇本和小說的蒼太，也非常希望這輩子能飛去國外看一次音樂劇。

（如果能跟燈里美眉一起看，更是再好不過了……）

「春輝也跟你們一起去？」

「只有我跟夏樹。春輝因為有急事先離開了。再說……也發生了很多事。」

「發生了很多事？」

「該說是遇上麻煩還是……總之，發生了出乎意料的事。因為這樣，我們其實也沒機會跟春輝好好聊天呢。」

蒼太盯著優苦笑的臉看了半晌，然後將視線移回水面。

「例如夏樹走丟之類的？」

「……嗯，差不多是這樣。」

「這不算出乎意料的事吧？」

用不著問出口，蒼太也能想像優心急如焚地到處尋找夏樹的模樣。他不禁覺得有點想笑。

打從孩提時代開始，把迷路的夏樹找回來，一直都是優的任務。

「那你都在幹嘛，望太？」

「我幾乎都悶在家裡呢。」

要不是接到優的邀約，蒼太今天恐怕也是坐在書桌前埋頭修改劇本吧。

昨天，聽到電話另一頭的優詢問：『望太，要不要出門走走？』他不假思索地回應：「要！」

難得的暑假，要是沒有參加什麼能成為美好回憶的活動，未免也太悲慘了。

「是你參加的那個戲劇社用的劇本？」

「社團要我在兩個星期內，完成兩小時的舞台劇用的原創劇本～根本強人所難。我可是得從零開始構思呢。」

七月中旬時，蒼太好不容易完成了劇本。但社團每次排練時，幾乎都會追加新的場景、或是變更原有的場景，所以他幾乎每天都在修改內容。

「我也有我自己的假期安排耶。」

「你有跟早坂相約外出嗎？」

沉默片刻後，蒼太以鬧彆扭的表情回應：「……沒有。」

「我的暑假完全沒有任何安排，簡直閒到發慌。」

在放暑假前，蒼太原本還和燈里擬定了一起去海邊、去看電影、去煙火大會等等的目標。

然而，兩人的行程卻一直兜不攏，所以至今一個目標都沒有達成。

「我也好想跟燈里美眉約會喔～！」

看到蒼太自暴自棄地大聲嚷嚷，優安慰性地輕拍他的肩膀。

「抱歉，望太……我會再找你出來釣魚的。」

「話說回來，夏樹呢？」

蒼太像是突然想起來似的這麼問。

「夏樹今天跟合田有約。說是要把美國帶回來的伴手禮拿給她。」

「……合田同學最近好嗎？」

蒼太回想起白色情人節時，在商店街的法式烘焙坊外頭和美櫻巧遇一事。她似乎是結束了繪畫教室的志工活動，正在回家的路上。

「應該不錯吧？我沒有直接見到她，但她好像經常會和夏樹通電話。」

「春輝有沒有提到合田同學的事？」

「噢……夏樹應該會負責轉告吧。」

「那就好……春輝也好好跟合田同學聯絡就好了嘛。」

基於春輝是自己的摯友之一，蒼太理所當然會替他擔心；不過，一想到美櫻的心情，他總覺得有幾分惆悵。

（一直跟對方分隔兩地，一定很煎熬吧……）

光是一個月沒有見到燈里，就讓蒼太想聽她的聲音想到不行。要是這樣的情況持續兩年之久，他一定會在途中就按捺不住，直接跑去找她吧。

「春輝都不會想跟合田同學見面嗎……」

照理來說，春輝就讀的那間學校應該也有暑假。他只要抽空回來幾天就好。

「你這麼擔心啊？」

「當然啦。你不會擔心嗎，優？」

「因為我覺得他們應該不會有問題啊。那兩人感覺都有好好考慮彼此的狀況。」

「優，你明理得過頭了啦。」

優笑著問道：「是嗎？」

「是啊……」

以手托腮的蒼太嘆了一口氣。

蒼太所擔心的，不是春輝或美櫻會不會變心的問題。應該說剛好相反。

（那兩人感覺會一直把這場初戀談得很辛苦呢～）

要是放著不管，他們搞不好會維持這樣的狀態十幾二十年。
現在，春輝應該還沒考慮到留學結束後的事。
他打算怎麼做呢——
（雖然我煩惱這些也沒有意義啦……）

「啊！望太，好像上鉤嘍？」
聽到優這麼說，蒼太也發現有東西在拉扯自己的釣魚線，連忙從椅子上起身。
「哇！優！現在要怎麼辦？」
手握釣竿站得搖搖晃晃的蒼太，以焦急的嗓音這麼問道。
另一頭拉扯釣魚線的力道很猛，感覺幾乎足以將整根釣竿扯掉。
「望太，用捲線器！」
「咦！捲線器？」
第一次體驗釣魚的蒼太，即使聽到優的指示，也沒能馬上反應過來。
他手忙腳亂地拚命轉動捲線器之後，被釣上來的紅點鮭在水面上不停扭動。
「「釣到了～！」」

蒼太和優同時興奮地高喊，然後跟彼此擊掌。

八月最後一個星期六，蒼太造訪了位於大學腹地內的學生會館大廳。

這裡是他隸屬的戲劇社排演的場地，現在正在進行從頭到尾演練一次的完整彩排。

春天時，他被邀請加入這個社團。蒼太原本壓根不打算加入，但最後還是被社團學姊逮個正著，在她的強迫下成為戲劇社的一員。

似乎是因為他有在寫小說和劇本一事，不知為何傳入了她的耳裡的緣故。

蒼太原本就不擅長拒絕別人，不過，看到成員們排演的光景後，他也湧現了「或許會很有趣呢」的想法。

儘管他總覺得自己八成是被學姊給設計了，但現在說這些也為時已晚。

要是說出「我想退社」幾個字，他一定會被綁在椅子上，然後看著其他戲劇社成員用演戲的誇張語氣或肢體動作來說服自己。光是想像這樣的狀況，就足以讓蒼太憂鬱到作夢都會夢見同樣的光景，所以他想盡可能避免這種事情發生。

而且，「自己撰寫的劇本實際在舞台上演出」的這種誘惑，確實也讓蒼太有些難以抗拒。

老實說，加入戲劇社這個選擇，並沒有讓他太後悔。他反而覺得自己從中學到很多。

空調故障的現在，即使把窗戶打開，大廳裡仍相當悶熱。也因為這樣，演員們從剛才就完全提不起勁，只是懶洋洋地唸著台詞，同時做出對應的動作。

坐在後方的蒼太，一邊呆滯地眺望這樣的光景，一邊旋轉手上的紅筆。

他原本應該同步確認劇本上的台詞，同時把即興演出或需要修正的地方註記下來，但現在看起來也沒必要這麼做了。

（旅行啊……）

他回想起和優一起去釣魚時的聊天內容。之前，優好像還開車帶夏樹到附近的海邊兜風的樣子。

看在旁人眼中，這兩人的進展可說是順利到令人欣羨不已的程度。

相較之下，蒼太覺得自己跟燈里的進展則是緩慢到不行。

優跟夏樹原本就是兒時玩伴，他跟燈里則是在高中畢業後才終於開始交往。兩者的進展速度有所不同，是理所當然的事情。儘管明白這一點，但每每聽到優跟夏樹的互動，總讓蒼太有些焦急。

他跟燈里有著屬於他們自己的步調。

即使緩慢，兩人的關係確實有在往前邁進——雖然事實應該是如此，但這陣子蒼太卻感到愈來愈沒自信。

別說是兩人一起去旅行了，今年的暑假，他幾乎都不曾跟燈里約會。

明明在交往，卻變成這樣的狀態。這讓蒼太覺得相當不妙。

「還真是一齣鬧劇呢！」

聽到演員的這聲吶喊，蒼太抬起頭來。

主角扯下自己的日式頭巾扔向一旁，流氓們一邊喊著：「宰了他！」一邊揮下出鞘的刀。

不過，畢竟現在只是在排演，所以大家是用拖把的長柄來代替刀劍。「哇～哇～」演員們交戰起來，但每個人的動作都七零八落的，因此整體看上去實在慘不忍睹。

原本雙手抱胸在一旁觀看的河村學姊，此時高聲喊出一句：「暫停～！」

她叫做河村美紀，是這個戲劇社的代表人，也是強行將蒼太拉入社團的人。

平時也會一起加入演戲的美紀，這次負責擔任舞台監督。她臉上架著一副紅色鏡框的眼鏡，是個身形高挑纖細的女性。

她這次委託蒼太撰寫的劇本，是「英雄武打時代劇」。

「你們在搞什麼呀！」

美紀威震八方的嗓音響徹了整個大廳。

「現在可不是稻草人在打架耶！一點架勢都沒有。拿來！」

說著，美紀起身，一把搶走還在發呆的演員手上的拖把柄。

「要這個樣子才對！」

看到她面目猙獰地揮舞著拖把柄衝過來，其他演員們紛紛發出慘叫聲。

因為美紀不分青紅皂白地見人就打，大家全都嚇得抱頭鼠竄。現場亂成一片，大概也無法繼續排演下去了吧。

這些想必全都是因為空調故障，讓眾人熱昏頭的緣故。

蒼太嘆了一口氣，繼續方才的沉思。

他跟燈里從高中畢業後交往到現在，已經過了兩年的時間。

雖然無法見面的日子居多，但他們總會頻繁地聯絡彼此。

兩人能夠碰面的時候，他們會一起去咖啡廳吃東西，或是去逛街購物。

去年聖誕夜，他跟燈里的時間很不巧地兜不上，所以兩人沒有一起過。但之後過年時，他們有相約去神社參拜。

今年的情人節，他也收到了燈里送的巧克力。

作為回禮，蒼太選擇了燈里喜歡的法式烘焙坊的白色情人節限定餅乾禮盒。然而——

（這樣感覺跟高中那時沒什麼兩樣吧？）

「果然不能繼續像現在這樣！」

蒼太這麼大喊，然後猛地從椅子上起身。

這樣的關係，感覺跟普通朋友沒有太大差別。他希望能挺起胸膛明言自己和燈里是一對「戀人」。

（約燈里美眉一起去旅行吧！）

蒼太這麼下定決心，然後緊緊握拳。

他想要讓兩人再縮短一步的距離。

（至少……至少也要……！）

「蒼太～！快逃啊～！」

聽到其他社團成員焦急的吶喊聲，蒼太這才回過神來。

「納命來——！」

這麼高喊的美紀，現在正揮舞著拖把柄朝他衝過來。

已經完全融入角色的她，一雙眼睛看起來像是著了魔。

「嗚哇啊～～～！」

蒼太匆匆轉身，連滾帶爬地逃離現場。

（燈里美眉想去的地方是哪裡呢……）

蒼太走出大學的正門時，已是天空被夕陽染紅的時刻。

他想起以前跟燈里去咖啡廳約會時，看了雜誌上刊登的歐洲旅行的介紹後，她很開心地表示：「真想去國外的美術館看看呢～」

「國外旅行啊……」

目的地是國外的話，恐怕很難馬上成行。如果像優那樣，在抽獎活動裡幸運抽中招待國外旅遊的獎項，倒還沒話說，不過，這樣的好手運不可能輕易降臨。

更何況，第一次的兩人旅遊就選擇去國外，也有種越級打怪的感覺。

（優跟夏樹一開始也只是去鄰近的地方觀光而已嘛。還是選溫泉旅行這種安全牌比較好嗎……）

蒼太以雙手抱胸，一邊思考一邊前進，然後在平交道前停下腳步。

趁著等待電車通過的這段時間，他繼續思索。

片刻後，平交道的柵欄揚起，在一旁等待的女高中生們有說有笑地踏出腳步。

「總之……不管要去哪裡，都得先想辦法籌措旅費才行。」

這麼自言自語的蒼太，遲了片刻才跨越平交道。

光是憑小說的稿費，恐怕根本不夠吧。

畢竟他現在只是偶爾能在雜誌上刊登短篇小說的程度而已。

（果然只能去打工了嗎……）

他得想辦法擠出時間才行。

老實說，蒼太覺得自己應該不適合像優或美櫻那樣接家教的打工。他不太擅長指導別人。

（之後到求職網站看看好了……）

茫然地這麼思考時，他的手機響了起來。

蒼太掏出手機確認，發現有一則燈里傳送過來的新訊息。

『蒼太，你今天方便嗎？』

（燈里美眉怎麼突然……）

蒼太來到燈里居住的公寓附近時，天色已經開始轉暗。

去年秋天，燈里離開老家，到就讀的大學附近租了一間套房。

一個人住的話，想必能夠更集中精神創作吧。

之前約會結束時，蒼太曾經護送她到公寓樓下，但沒有踏進燈里的房間過。因為這樣，他現在莫名有些緊張。

（是不是……有什麼東西壞了，所以找我過來幫她修理之類的？）

或許是房間的燈泡壞了也說不定。只要能見到燈里，無論她是為了什麼原因把自己找來，蒼太都很樂意。不過，燈里應該不至於因為這點小事就聯絡他才對。

來到公寓外頭後，他按下位於正門玄關處的電鈴。

「燈里美眉？我現在在妳家樓下……」

『蒼太！我現在有點不方便呢！』

燈里慌張的嗓音從對講機的另一頭傳來。

「咦，妳說不方便是……？」

蒼太忍不住疑惑地開口詢問。剛才，燈里傳了「希望你能過來我家一趟」的訊息給他，而他也準時在約定的時間抵達了這裡。

『你在樓下等我一下。再一下子就好了！』

「嗯……嗯，是沒關係啦，但妳還好嗎？發生什麼事了？」

在蒼太開始擔心燈里是不是遇上什麼麻煩時，後者只是短短回了一句：『我沒事！』接著便切斷了通話。

（感覺……應該不是沒事耶。）

蒼太抬頭望向燈里房間所在的二樓邊間。

燈里沒幫他打開玄關大門的話，蒼太就無法進去。

（她該不會被捲入什麼事件……）

不安地在玄關外頭來回徘徊了片刻後，蒼太咕噥了一句：「一定是發生什麼事了！」拿起手機撥打給燈里。

從燈里剛才慌張的語氣聽來，感覺事情非同小可。

（說不定是強盜或通緝犯闖入燈里美眉的房間，然後把她抓起來當人質……剛才也是因為被對方恐嚇，所以她才……！）

有如懸疑小說橋段的妄想在腦海浮現，「怎麼辦啊！」蒼太手足無措起來。

燈里遲遲沒有接電話，他也因此愈來愈不安。

若是情況危急，他是否該打破這個玄關的玻璃大門闖進去，或是想辦法從外牆爬上二樓，再從陽台進入房間裡？

（唉，這種像是動作片裡的英雄會採取的行動，我怎麼學得來啦～～！）

然而，若是沒有其他能拯救燈里的方法，他也只能做好覺悟了。

在心跳變得更加劇烈時，燈里終於接起了蒼太的電話。

「燈里美眉！我現在馬上去救妳！」

蒼太將手機貼上耳畔，迅速這麼開口。

『啊，蒼太？我現在幫你把玄關大門打開喔。』

聽到燈里一如往常的輕柔嗓音，蒼太愣愣地回了一句：「咦？」

踏著階梯走上二樓後，來到燈里房間外頭的蒼太，一瞬間猶豫了一下。

（她……真的沒事吧？）

按下房間外頭的門鈴後，從裡頭傳來燈里的回應：『門沒鎖，請進吧。』

蒼太謹慎地伸手握住門把，稍稍打開大門後，發現裡頭一片黑漆漆的。

「燈里……？」

他以不安的嗓音出聲輕喚，然後怯怯地踏入裡頭。
下個瞬間，「啪！」像是什麼東西炸開的清脆聲響傳來。
「嗚哇啊！」
蒼太嚇了一大跳，重心不穩地一屁股跌坐在地上。
接著，房間突然變亮。他戰戰兢兢地睜開雙眼，發現漫天飛舞的紙片和彩帶輕飄飄地落在自己頭上。
（咦…………？）
一下子沒能察覺到發生什麼事，蒼太呆坐在地上眨了眨眼。
以滿面笑容俯瞰著他的，是頭上戴著派對帽的燈里。
她手上還握著前端黏著紳士翹鬍子造型的棒子。
「燈……燈里美眉……？」
「祝你生日快樂，蒼太！」
說著，燈里將另一頂派對帽戴在蒼太頭上。
蒼太望向走廊，發現牆上貼著紙做的裝飾，以及畫在畫紙上的插圖。
（啊…………對喔……）

「今天是我的生日啊……」

發現自己完全忘了這回事，蒼太一臉茫然地喃喃開口。

「歡迎來到派對會場！」

燈里笑盈盈地這麼說，握住蒼太的雙手將他拉起身。

匆匆脫下鞋之後，蒼太被燈里領著走到後方的房間。

客廳裡到處都能看到派對風格的裝飾。

「生日快樂　蒼太」

在大大的道林紙上頭，除了寫著這樣的一行文字以外，還畫上了可愛的Q版蒼太的插圖。

各種不同顏色的氣球飄浮在上方。

「坐下來吧。」

聽到燈里這麼說，蒼太在椅墊上坐下。

擺放在小茶几上頭的是西班牙海鮮飯、沙拉和義式蔬菜濃湯。

「這些全都是妳親手做的嗎，燈里美眉？」

聽到蒼太吃驚地這麼問，在他身旁坐下的燈里將雙手藏在身後，視線則是在半空中游移。

「……其實，本來還有一道主菜的，但沒能趕上……」

蒼太朝廚房的烘烤微波爐偷偷瞄了一眼，可以看到黑煙從沒關緊的微波爐門後方飄出來。

（所以她才會那麼慌張啊……）

「……你有嚇到嗎？」

她探過頭來望向自己的那雙眼睛，因為期待而閃閃發亮。

「我嚇到腿都軟了呢。」

聽到蒼太的答案，燈里嫣然一笑。

「那麼，我們來乾杯吧。」

蒼太以「嗯」回應燈里的提議。

她在兩人的玻璃杯中注入果汁。

「敬你的生日，蒼太！」

以手中的玻璃杯輕輕乾杯後，兩人為了掩飾羞澀般一起露出笑容。

「……是說……那個翹鬍子也是妳自己做的嗎，燈里美眉？」

「嗯。我也準備了你那一份喔。」

「我也要拿著這個嗎！」

「當然。」

燈里朝蒼太亮出紙做的翹鬍子和相機，臉上則是樂在其中的表情。

「我們來拍照吧。」

「那麼，數到三……」

他們靠近到兩顆頭幾乎要靠在一起，然後朝著相機一起比出YA的手勢。

快門「喀嚓」一聲捕捉到兩人展露笑容的瞬間。

「蒼太，你好適合這個呢。」

迫不及待地確認照片之後，燈里輕笑著這麼說。

她想必從好幾天前就開始策劃這場派對，精心思考各種能讓蒼太開心的做法吧。

（啊啊，好開心喔……）

蒼太感覺胸口湧現一股熱潮。

「燈里……」

聽到蒼太開口呼喚，燈里抬起視線望向他。

伸手輕觸她的臉頰後，蒼太可以感覺到她有些緊張。

「謝謝妳。」

他將自己的額頭輕輕靠上燈里的。後者有些猶豫地凝望著他。

現在，在這個瞬間，占據她雙眼的，就只有自己的身影。

想到這一點，蒼太就不禁心跳加速。

他和燈里四目相接，然後朝她露出微笑。

（這是最棒的一個紀念日呢……）

生日快樂
蒼太

隔週的星期一，蒼太來到學生會館後方的空地幫忙製作大型道具。

鐵鎚敲打聲和鋸子鋸東西的聲響此起彼落。

光是鋸角材，就讓他滿頭大汗，T恤的背後也濕成一片。

蒼太抹去從額頭滑落的汗珠，望向夏日氣息依舊濃厚不已的藍色天空。

「看來還是得找打工才行呢……」

回想起前幾天和燈里一起度過的生日，讓他覺得身體似乎更熱了，忍不住拉起T恤的領口搧風。

一股灼熱感竄上臉頰。

雖然距離燈里的生日還有一段時間，但如同她為自己精心策劃的那場生日派對，蒼太也想讓她度過難忘又特別的一天。

（為此，我還是要多存點錢比較好。）

「哦～望月，你有金錢方面的困擾啊？」

突然從身後傳來的這個嗓音，讓蒼太的雙肩微微一顫。

他轉過頭，美紀帶著一臉不懷好意的笑容，將手臂靠在他的肩膀上。

「河村學姊！請不要這樣無聲無息地靠近啦，會嚇到人耶！」

「連有人靠近自己背後都渾然不覺啊，真是不成氣候的傢伙。勤加修練吧。」

說著，美紀輕輕以一記手刀劈砍蒼太的額頭。或許是因為剛才一直在看社團成員排練吧，她連說話語氣都像是在演戲。

（這個學姊真的很讓人摸不著頭緒耶……）

戲劇社的成員幾乎清一色都是個性派，而在他們之中，又以美紀的個性最為奇特。

「你要錢做什麼？有急用嗎？」

「這個……做什麼都無所謂吧。」

冷淡地這麼回答後，蒼太使勁用鋸子鋸斷角材。

「看樣子……是為了女人？」

「不……不不不，不是啦！」

看到蒼太慌慌張張地搖頭否定，美紀以「哦～」回應，對他投以打量的眼神。

要是被美紀知道了她沒必要知道的情報，只會讓事情變得很麻煩而已。蒼太默默移開自己的視線。

「果然是因為女人啊。」

美紀以手撫著下巴這麼斷言，然後露出壞心眼的笑容。

「……有什麼關係嘛。請妳不要管我啦！」

「我有不錯的打工機會可以介紹給你喔。」

聽到她這麼說，蒼太忍不住做出「咦？」的反應。

但下一刻，他改口回應：「還是不用了！」繼續埋頭製作道具。

要是一個不小心上鉤，絕對不會有好下場。畢竟她是個經常強人所難的人物。

（感覺她會介紹什麼很誇張的打工給我呢……）

「真的不用嗎～？是學生常去的那條街道上的時髦咖啡廳的打工喔，時薪一千三百五十圓。有假日出勤津貼、交通費補助，結識可愛女孩的機會也很高，是一個相當美好的工作喔。」

「我不需要這種工作機會！」

原本打算溜之大吉的蒼太，被美紀一把揪住衣領，拉回原地。

「其實我也很傷腦筋。因為店長命令我挖角一個看起來老實敦厚、感覺會受女孩子歡迎、工作又很勤奮的男孩子到我們店裡呢。」

「這樣的話，比起我，應該有更適合的人才對吧……」

「放心吧，望月。沒有其他比你更符合這些條件的人選了。順利找到工讀生的話，我的時薪可以提高五十圓，而你也能找到一份條件理想的工作。這不正是互助互惠的結果嗎？」

「學姊，妳露出像時代劇裡頭的貪官汙吏的表情了！」

「那麼，你什麼時候可以開始上工？從今天開始也無妨喔。原本今天值班的竹山，現在踏上了尋找自我的日本縱斷之旅，所以我們人手不夠呢。」

「感謝妳的一片心意，但請恕我拒絕。」

跟這個人在同一個地方打工的話，他絕對撐不下去。在戲劇社的時候，蒼太就已經老是被美紀使喚著做牛做馬了。他可不想連打工時都陷入相同的處境。

「是嗎是嗎。那我馬上打電話給店長，告知他今天會帶一個生龍活虎的男學生回去。放學後在學校大門處等我吧。」

「那個，我順便問一下……要是我逃跑了，之後會怎麼樣？」

蒼太戰戰兢兢地這麼詢問後，美紀伸手輕拍他的肩頭。

「……你想知道嗎？」

「不，還是不用了！」

蒼太連忙搖搖頭。

「明智的選擇。抱歉啊，打擾你作業。你繼續吧。噢，對了，晚點劇本有個地方要修改。」

「咦咦～！又要改？」

這到底是第幾次修改了呢。

「舞台表演可是不斷在變化的東西呀。你得記住這一點。」

看似心情絕佳的美紀笑著這麼回應，然後揚長而去。

目送她的背影離去的蒼太，忍不住疲倦地嘆了一口氣。

（我完全被學姊牽著鼻子走了嘛！）

話雖如此，要是逃跑，之後感覺又會吃不完兜著走。

排除跟美紀在同一個地方打工這點不談的話，這份工作的條件確實很理想。不過——

（在咖啡廳打工嗎……）

不擅長接待客人，但試著挑戰一次或許也不錯。人生就是要體驗各種事情。

蒼太喃喃叨唸：「我真的很容易被人牽著走耶……」然後再次嘆了一口氣。

一如美紀所言，她介紹的打工地點，是位於學生常造訪的那條街道上的時髦咖啡店。因為和大馬路有一段距離，所以環境比較清幽。

桌椅統一採用白色系，牆上則是畫著抽象素描畫。外頭還有生長著櫟樹的涼爽露天座位。

內部裝潢感覺是會受到學生青睞的風格。菜單上的餐點以鬆餅、戚風蛋糕、聖代等甜點為主，但午餐時間也會供應三明治和義大利麵。

店裡的客人不至於太多，因此，即使是蒼太這種初次體驗接待客人的新人工讀生，應該也應付得來。再加上排班也比一般打工自由，這的確是一份「不錯的打工」。

這樣是很好，但——

（這裡離燈里美眉念的大學很近呢～）

蒼太望向店內，裡頭的女學生客人有說有笑，看起來都很開心。

從不時傳入耳中的對話聽來，她們應該是跟燈里就讀同一間美術大學的學生。

蒼太已經在這裡打工一個星期，但還不曾看過燈里踏入這間店。

雖然沒有打算瞞著她，但要是在這種情況下巧遇，總覺得有點尷尬。

他想在燈里生日那天給她一個驚喜。所以，要是被她問到開始打工的理由，就傷腦筋了。

本來想思考一個好的藉口，但很有可能被看穿。

被燈里那雙眸子直直盯著的話，蒼太就沒有能蒙混過關的自信。

「望月～！把這個端過去。」

美紀把一盤剛出爐的鬆餅放上吧檯這麼指示。

「啊，是！」

原本在發呆的蒼太連忙出聲回應。

「裡頭有可愛的女孩子嗎？」

美紀朝坐在用餐區的女學生們瞄了一眼，然後露出壞心眼的笑容。

「不是這樣的啦！」

「來，還有拿鐵咖啡。」

放在吧檯上的這杯拿鐵咖啡，上頭有著用拉花畫成的可愛小熊圖案。

（燈里美眉感覺會喜歡這種的呢～）

美紀以相當熟練的動作又泡了一杯拿鐵咖啡。

這杯的拉花是愛心圖案。蒼太捧起咖啡杯，將它放在托盤上。

（之後要不要請她教我呢……）

他捧起鬆餅和咖啡，朝用餐區走去。

「讓您久等了。」

這麼開口後，原本正在開心聊天的學生們抬起視線望向他。

將拿鐵咖啡端上桌後，看到拉花的女孩們開心地發出「好可愛～！」的讚嘆聲。

「謝謝你！」

看到其中一人笑著向自己道謝，蒼太有些不知所措地回應：「啊，請慢用！」

「那個男孩子還滿可愛的耶？」

「我也覺得～！」

返回吧檯前方時，聽到這樣的對話傳入耳中，蒼太不禁雙頰泛紅。

「太好了，望月。女性客人對你的評價不錯耶。」

將雙手的手肘撐在吧檯桌面上的美紀笑道。

「那只是調侃的意思啦。」

無論是國中時期或高中時期，蒼太從來沒受女孩子歡迎過。

每年情人節，就只有自己的姊姊和妹妹會送他巧克力。

看在女孩子的眼裡，蒼太似乎有幾分不夠可靠。這點他本人也有所自覺，也認為這樣的自己很沒出息。

（真虧燈里美眉願意選擇這樣的我呢……）

高中時的燈里，幾乎是全校男孩心目中的女神。

用「高嶺之花」一詞來形容她，可說是再貼切不過。

就在蒼太忙著用抹布擦拭托盤時，咖啡廳的大門被人打開。

「歡迎光……臨！」

猛然轉過頭的蒼太，視線跟燈里對個正著，不禁整個人僵在原地。

原本正在跟朋友聊天的燈里，也在看到他後吃驚得瞪大雙眼。

「燈里～妳怎麼了？」

「啊，呃……」

原本以為燈里會向朋友介紹「這是我男朋友」，蒼太還緊張了一下，但她只是抿住雙

唇，將自己的視線往下。

「四位是嗎！我來替各位帶位！」

蒼太一把抓起菜單和托盤，快步走向用餐區的座位。

「太好了～看起來還有空位。」

「這間店是最近新開的呢。妳也是第一次來嗎，燈里？」

「…………」

「燈里？」

「啊！呃……聽說這裡的鬆餅評價很不錯喔。」

看到燈里猛然回過神這麼開口，她的朋友們先是面面相覷，然後一起笑出來。

「唉呀～！燈里妳真的傻呼呼的耶～」

蒼太說了一句「這邊請」，領著眾人來到靠窗的座位，然後把菜單放在桌上。

「要點什麼呢？」

在桌前就座後，燈里和朋友們隨即翻開菜單。

在這段期間，燈里仍對蒼太投以欲言又止的眼神。

（我之後該怎麼跟她解釋才好啊……！）

「決定好要點什麼之後，請再跟我說。」

無法望向燈里的他，移開視線草草這麼說之後，就從桌邊離開。

心跳因為緊張而變得劇烈不已。

返回吧檯前方後，蒼太重重吐出積在胸口的一口氣。

他再次偷偷瞄向燈里所在的那張桌子。

「喔，那個女孩……感覺挺可愛的嘛？」

美紀從吧檯探出上半身，壓低嗓音這麼詢問蒼太。

「尤其是坐在靠走道的那個女孩子。」

「當然可愛啦，她可是燈里美眉耶。」

發現自己不小心把內心的想法說溜嘴之後，蒼太連忙以單手掩嘴。但為時已晚。

美紀「哦～」了一聲，臉上也浮現看好戲的笑容。

「那個燈里美眉，跟你又是什麼關係啊～？」

「我現在把水和擦手巾端過去——！」

蒼太漲紅著一張臉，以玻璃杯裝滿飲水機的水，又一把抓起擦手巾放在托盤上。

「謝謝光臨！」

結帳完之後，蒼太目送客人離開，然後走向用餐區。

「望月。」

收拾完餐桌後，蒼太返回吧檯旁，結果被美紀喚住。

「清秀佳人燈里美眉今天會不會來呢～？」

或許存心要調侃蒼太吧，美紀臉上帶著壞心眼的笑容。

「她不會來啦！」

上星期，蒼太被她逼問自己跟燈里之間的關係，最後只好老實地全盤托出。

因為這樣，每次到了打工時間，美紀都會狠狠調侃他。

這似乎讓她相當樂在其中。

（果然還是不應該跟學姊在同一個地方打工呢……）

不過，他已經開始熟悉這裡的工作內容了，現在再去找其他打工也很麻煩。

而且，其他工讀生都很平易近人，所以蒼太對這份工作本身並沒有不滿。
更何況，現在又多了一個讓他不想辭職的理由。

「午安。」
咖啡廳大門被人打開。燈里從門後探出一顆頭。
她朝轉過身來的蒼太微笑。
「燈……燈里美眉……！」
隨後，蒼太朝美紀所在的方向偷瞄一眼，發現她露出了不懷好意的笑容。
（就無視她吧……）
面對美紀這種人，這或許是最妥當的處理方式。
因為蒼太的姊姊也是這種類型的人，所以他很清楚。
回到家之後，姊姊也經常會拿燈里的事來調侃他。
「小燈里～！歡迎妳來～！」
待在吧檯後方的美紀，突然殷勤地舉起一隻手打招呼。
「啊！美紀姊，妳好。」

踏入店裡的燈里也滿面笑容地鞠躬回應。

（小燈里？美紀姊？）

蒼太吃驚地交互望向這兩人。她們是什麼時候變得這麼要好的？

「小燈里，現在店裡很空，妳隨便找個喜歡的位置坐吧～啊，妳今天要點什麼？」

「嗯……要點什麼好呢？」

燈里微微彎下腰，確認透明櫃子裡陳列的蛋糕。

裡頭擺放著起司蛋糕、巧克力蛋糕、戚風蛋糕、布丁等每天更換菜單的甜點。

「本日推薦的甜點是檸檬戚風蛋糕～」

聽到美紀這麼熱情地推薦，燈里回覆：「那……我要一份檸檬戚風蛋糕跟一杯冰伯爵茶。」

蒼太愣愣地看著燈里走向靠窗的座位。

這下子，沒他開口的機會了。也因為這樣，他錯失了跟燈里攀談的機會。

他對美紀投以滿是怨懟的眼神。

「河村學姊～～！」

「怎麼啦，望月？」

「……沒什麼。」

悶悶地這麼回答後，蒼太將玻璃水杯和擦手巾放上托盤。

（這個人真的是～～～！）

看起來一副若無其事的美紀，臉上依舊掛著壞心眼的笑。

因為距離自己就讀的大學很近，在那之後，燈里變得很常造訪這間咖啡廳。

第一次來這間店時，她是跟一群朋友一起；之後，她就總是一個人上門。

即使是蒼太沒有排班的日子，燈里似乎也會來這間咖啡廳。這種時候，她或許就會跟美紀聊天吧。

這讓蒼太覺得有點不甘心。如果知道燈里會來，他就會拜託店長讓自己排班了。

選擇能看見露天座位的靠窗位子就座後，燈里從包包裡取出素描本和作畫用的筆。

「歡迎妳，燈里美眉。」

聽到蒼太帶著幾分顧慮的嗓音，燈里帶著開朗的表情抬起頭。

「蒼太，你今天要打工到幾點？」

「我大概再一小時就能下班了。」

「那我等你。」

燈里展露的笑容，讓蒼太有種怦然心動的感覺。到對方打工的咖啡廳等他下班——這簡直像是男女朋友才會做的事情。

（不對，我們就是男女朋友啊！）

就在蒼太默默在內心感動的時候，「嗯？」燈里好奇地歪過頭。

「啊，那請稍坐一下！」

慌慌張張地這麼說之後，蒼太便匆匆走回吧檯。

燈里或許特別偏好靠窗座位吧。店裡人不多的時候，她都會選擇坐在那裡。

等待蒼太下班的這段期間，她在素描本上畫素描、閱讀店裡的書籍雜誌，或是寫學校的報告，恣意打發時間。

將戚風蛋糕和冰伯爵茶端來後，蒼太發現燈里在素描本上畫下了從窗戶望出去的露天座位的景色。她有時也會以手托腮，眺望外頭的景色休息片刻。

返回吧檯後，蒼太一邊擦杯子，一邊看著這樣的燈里。

（話說回來……我高中時好像也曾像這樣從遠處默默看著燈里美眉呢。）

感到幾分懷念的蒼太，臉上也跟著浮現笑意。

那是他還沒有勇氣主動跟燈里說話，只是悄悄單戀著她的時候。

放學後，跟春輝、優一起在中庭拍攝電影時，蒼太時常趁機偷看在美術教室裡作畫的她。

無論是和夏樹、美櫻有說有笑的她，或是面對畫布時露出認真表情的她，還是以樂在其中的神情畫素描的她，他全都喜歡——

「望月，別看得入迷了，快工作。」

「我沒有看到入迷的程度啦……！」

被美紀一把按住腦袋的蒼太慌忙辯解。

不過，看到入迷這點其實有一半也沒說錯，所以蒼太無法以強硬的態度否定。

原本還擔心這段對話會被燈里聽到，但幸好她看起來正在用耳機聽音樂。

鬆了一口氣的同時，蒼太手一滑，不小心讓杯子咚一聲掉到水槽裡。

「小心喔，那個杯子要價你十小時的薪水。」

「還不是因為妳調侃我！」

蒼太板起臉孔抗議：「真是的～！」說完連忙確認杯子的狀況。

外觀看上去沒有破損或裂痕。

（十小時的……薪水……）

他匆匆將杯子重新洗過擦乾，然後放到架子上。

這時，感覺到視線的他望向用餐區，發現燈里輕聲笑了出來。

（呃……咦？）

看來，她似乎只有一邊耳朵戴上耳機。

蒼太不禁以一隻手掩住發紅的臉頰。

（……她果然聽到了！）

燈里坐在咖啡廳裡的靠窗座位上，以一隻手托腮，另一隻手則是握著鉛筆在素描本上作畫。

她順著只有一邊的耳機傳來的音樂哼起歌來。

（畫好了……）

她放下鉛筆，凝視著素描本。她畫的是身穿圍裙、正在工作的蒼太。

燈里朝吧檯瞄了一眼，發現蒼太正在和美紀對話。前者露出了傷腦筋的表情，後者則是一副樂不可支的模樣。

（他們兩個是不是很要好啊……？）

美紀是蒼太的大學學姊，似乎也跟他一樣是戲劇社的成員。聽說介紹這份打工給蒼太的人也是她。所以，兩人的交情應該還不錯。

看著毫無顧忌和蒼太對話的美紀，燈里總覺得胸口有什麼東西在騷動，讓她的心靜不下來。

她明白那兩人只是學姊和學弟的關係，但還是難免有點吃醋。

初次跟朋友一起造訪這間咖啡廳時，看到在裡頭打工的蒼太，燈里嚇了一跳。因為有些不知所措，她沒能及時好好跟朋友們介紹蒼太。

兩人從高中畢業後開始交往至今，已經過了兩年以上的時間。這段期間內，蒼太不曾

明確以「這是我的女朋友」向他人介紹燈里，也沒有這麼介紹的機會。

燈里沒有去過蒼太就讀的大學，所以不清楚他的交友關係。

關於蒼太在大學裡的友人，美紀是她第一個認識的。

燈里在蒼太沒排班的日子造訪這間咖啡廳時，是美紀主動跟她搭話。

因為那時店裡沒有其他客人，美紀或許很閒吧。

「妳跟望月是什麼關係啊～？」

在閒聊中被這麼問到的燈里，有些語無倫次地解釋了自己和蒼太的關係。

告訴別人自己正在跟某人交往的事實，遠比她所想像得更令人難為情。

燈里也沒跟大學裡結識的友人提及自己有「男朋友」一事。

雖然有被問過，但她每次都含糊帶過。

因此，她也能明白蒼太遲遲無法說出口的心情。儘管如此，她還是想從蒼太口中聽到「女朋友」三個字。

（我自己也很想大方說出口呢……）

那天，因為事發突然，燈里一下子沒能做好心理準備。

她沒聽蒼太說過自己開始打工的事，所以很在意他突然這麼做的原因。

雖然也可以事後再跟友人坦白，但要是她們對這件事產生興趣，說不定會一窩蜂跑到店裡向蒼太問東問西。這樣想必會讓蒼太很困擾。

所以，來這間咖啡廳時，她總是獨自一人。

坐在靠窗的座位上，就能清楚看見蒼太在吧檯後方勤奮工作的身影。一邊等他下班，一邊偷偷眺望這樣的他，讓燈里樂在其中。

再對朋友們保密一陣子，應該無所謂吧？

不過，總有一天，她想對大家好好介紹蒼太。

告訴她們「他是我的男朋友」——

這時，一組客人踏進店裡。蒼太從吧檯後方走出來，帶領他們走進用餐區。

燈里確認放在桌上的手機時間。距離蒼太下班，大概還有十分鐘。

她莫名湧現了一股懷念的感覺。

還在念高中時，她也經常像這樣等蒼太社團活動結束，再跟他一起去咖啡廳或蛋糕店坐坐。

在兩人約好的日子，她總會滿心期待地等著約定時間到來。

跟夏樹或美櫻一起去吃蛋糕，也是很開心的事情；不過，跟蒼太共度的時光，總讓燈里有種莫名特別的感覺——

像這樣等蒼太下班的時候，她就會覺得彷彿回到了過去。

（真希望趕快到他下班的時間呢……）

燈里以手托腮，另一隻手則是拿起冰伯爵茶的杯子，將吸管湊近嘴邊。

九月即將結束的某一天，再次造訪咖啡廳的燈里，發現蒼太今天似乎沒有排班。店裡只看得到美紀的身影。

「小燈里～歡迎妳來～」

正在沖泡咖啡的美紀抬起頭招呼她。咖啡香氣伴隨著熱水咕嘟咕嘟的聲音瀰漫開來。

「妳好，美紀姊。」

「抱歉喔，望月他今天排休。」

「因為距離下一堂課還有點時間，所以我就過來坐坐了。」

「這樣啊，那妳先坐一下吧。今天要點些什麼～？」

「那麼……請給我一杯咖啡。」

告知美紀自己要點的品項後，燈里一如往常地朝靠窗的座位走去。

即使是蒼太不在的日子，她也會不自覺地選擇這個座位。

坐在位子上等待片刻後，美紀端著托盤走近，將咖啡、開水和擦手巾依序放在燈里面前，最後還送上一盤起司蛋糕。

「咦？」燈里疑惑地望向美紀。她今天並沒有點蛋糕。

「這是招待妳的。」

美紀笑著這麼說，然後拉開燈里對面的椅子坐下。

「謝謝妳。這是店裡自己做的蛋糕嗎？」

「沒錯。跟望月說蛋糕是我做的之後，他還震驚地大喊：『不會吧～』這樣呢。」

「那我開動了。」

燈里拿起叉子，挖了一小塊起司蛋糕送進嘴裡。起司的口感濃郁又濕潤，還帶著清爽的柑橘風味。

「真好吃……」

「對吧～？我就知道妳一定會喜歡～」

以手托腮的美紀露齒燦笑。

美紀有著平易近人的性格，因此，即使是有些怕生的燈里，也不會覺得跟她相處很辛苦。

「請問，蒼太為什麼會開始打工呢？」

啜了一口咖啡後，燈里下定決心道出這個一直讓她在意的問題。

（他是不是有什麼想要的東西？）

前幾天，蒼太曾經提及他工作用的電腦有點問題。他或許是想換一台新的吧。

「他說是為了存旅行的經費呢～」

「旅行？」

「咦？他沒跟妳提過這方面的事嗎？」

燈里搖搖頭。她至今還不曾聽蒼太提及旅行相關的話題。

「啊！那這件事應該要保密嗎……我太粗心了。」

說著，美紀以一隻手掩住臉上壞心眼的笑容。

「他要跟誰一起去旅行呢……？」

說不定是跟優約好了。暑假的時候，蒼太好像就跟優相約去釣魚好幾次。不然，會是大學裡的朋友嗎？

「唔～看樣子，他應該吃了不少苦頭……」

美紀這麼叨唸。

「咦？」

「噢，沒什麼，我在自言自語～但總之，妳如果有想去的地方，或許不經意地告訴他比較好喔～蒼太一定很煩惱呢。」

笑著這麼說之後，美紀起身，看似樂在其中地吹著口哨走回吧檯。

（想跟蒼太一起去的地方……）

踏出咖啡廳後，燈里緩緩邁出步伐。下堂課還有三十分鐘才開始。

如果蒼太約她一起去旅行的話──

雖然事實不見得是這樣，但如果是就好了呢──她茫然地這麼想。

她想去水族館。逛美術館感覺也不錯。

她也想像優和蒼太那樣去釣魚看看，也想去露營。

（還想去海邊呢……）

今年夏天，因為想跟蒼太一起去海邊，燈里還特地買了新的泳衣，卻一直沒有機會成行，只能把泳衣繼續掛在衣櫃裡。

（那件泳衣很可愛呢……）

其實，她原本很期待穿上新泳衣給蒼太看。想到只能等到明年夏天，她就覺得有些遺憾。

「蒼太想去的地方是哪裡呢……」

燈里這麼自言自語，以手指捲起披垂在肩膀上的髮絲。

蒼太以前似乎說過想來一趟取材之旅。

一起去逛古蹟、博物館，或是在寧靜湖畔的小木屋悠哉住個幾天也不錯。去泡溫泉感覺也很棒。

之前，燈里有聽夏樹說她在暑假時跑去美國找春輝一事。

雖然夏樹也說有美國買回來的土產要給她，但燈里暑假時一直很忙，因此兩人至今還

無法見上一面。之後有機會見面的話，應該可以好好聽夏樹聊這件事。

燈里也很想像優和夏樹那樣去國外旅行。

第一次的國外旅行難免讓人緊張，但在緊要關頭的時候，蒼太就會變得很可靠，所以一定不會有問題。

她想鼓起勇氣，試著踏出一步。

燈里便是抱持著這種想法，悄悄為蒼太策劃了那場生日派對。

雖然準備主菜時失敗了，但其他都一如計畫進行。應該可以說是相當成功吧。

「燈里……謝謝妳。」

回想起蒼太那時微笑著伸手輕觸她的臉，燈里感覺一股熱度竄上臉頰。

抵達平交道所在處的她，站在柵欄後方發起呆來。電車從前方呼嘯而過。

柵欄揚起後，她才猛然回神，連忙快步跨越平交道。

從坡道往上前進片刻，大學正門映入燈里的眼簾。她在途中停下腳步。

「我……也去找打工好了。」

她不知道蒼太打算跟誰一起去旅行。或許他計畫中的旅伴並不是自己。

這樣的話，到時候，她就鼓起勇氣主動邀約吧。

朝大學走去的燈里，臉上浮現淺淺的笑意。

這晚，洗完澡之後，燈里躺在床上跟成海聖奈通電話。

聖奈是跟她念同一所高中的摯友。現在，她一邊念大學，一邊繼續模特兒的工作。要兼顧學業和工作，是相當辛苦的事情。但聖奈從高中時便這麼一路走來。只要是自己想做的事，無論其他人怎麼說，她都會全部做到。這就是聖奈的做法，也是她讓燈里憧憬的地方。

她積極正面的作風，或許很容易引起同年齡層女孩子的共鳴吧。

「我也想變得像她這樣。」

聖奈擁有能讓人湧現這種想法的魅力。

『燈里，妳想去打工嗎？』

「我還在找工作……時間配合得上的工作機會很少呢。」

燈里常去的那間法式烘焙坊也有在招募工讀生，但對方要求一星期要排四天以上的班，而且還必須是白班，她恐怕無法滿足這樣的條件。

『對了，妳要試試看模特兒的工作嗎？是妳的話，一定馬上會被錄取喲。』

「這個我不太有自信呢……」

『就是為了提升自信才要做呀。化妝師跟造型師都很厲害喲，每次都能把我變成完全不同的人，讓我覺得「原來我也能變成這個樣子呀」。燈里，只要嘗試一次，妳也能明白的。』

「是這樣嗎……？」

燈里擁住懷裡的抱枕。

想成為不同的自己——這樣的想法，燈里多少也有。

而且，從聖奈的說法聽來，模特兒的工作感覺很有趣。

不過儘管有趣，讓人辛苦難受的事情想必也很多吧，只是聖奈不會一一說出口而已。

高中的時候，聖奈有一陣子變得比較沉默寡言。當時的她受到業界青睞，上雜誌的機會變多，粉絲也逐漸增加，但同時一定也引來了不少嫉妒。據說有些人會私底下聚在一起說她壞話，甚至編出一些跟她有關的不實傳聞。

但聖奈戰勝了這一切。挺起胸膛站在攝影機前方的她，看起來非常可愛——甚至可以說是超級帥氣。

不過，燈里無法變成聖奈那樣。所謂的模特兒，想必不是能懷抱輕鬆心情去嘗試的一份工作吧。

「比起這個，聖奈，妳可以當我的作畫模特兒嗎？」

『咦咦！這個太令人害羞了，我沒辦法啦～』

「我覺得應該跟雜誌攝影的工作不會差太多呢。」

『要在妳的面前一直維持同樣的動作，我絕對會笑出來的。』

「那……我這次就先放棄吧。不過，我真的希望有一天能讓妳擔任作畫模特兒呢。可以讓我畫妳嗎，聖奈？」

聖奈很擅長營造自己的氣質。無論是可愛的表情、讓人怦然心動的表情，或是凜然的表情，她都能依照當下的需求完美呈現出來。每次看到她刊登在雜誌上的照片，總會讓燈里湧現「原來她也能做出這樣的表情呀」的吃驚感想。

雜誌上的聖奈，跟燈里所認識的聖奈完全不同。平常的聖奈當然也很有魅力，但她從事模特兒工作的時候，看起來格外閃耀動人，即使是身為同性的燈里，也深深被她的魅力俘虜。

如果要畫聖奈的話，自己會怎麼下筆呢——燈里總忍不住這麼思考。

她或許就是所謂「能讓人湧現創作欲」的存在吧。聖奈果然是擁有特別才華的人。

『總有一天的話，應該可以喲。到時候就拜託妳了。』

「嗯，我會等妳。」

『說真的，如果對模特兒的工作有興趣的話，妳隨時都可以跟我說喔。我會幫妳介紹的。』

「謝謝。」

和聖奈通完電話後，燈里握著手機，翻個身仰躺在床上。

『聽說妳今天有來我打工的地方？抱歉，我今天不在！』

蒼太傳來了這樣的一段訊息。

『旅行……』

輸入這兩個字後，燈里猶豫片刻，最後又將它們刪去。

她取而代之地輸入『沒關係』，再附上一個貼圖一起發送出去。

「我也得加油才行呢……」

燈里繞到大學的學生會館，確認張貼在布告欄上頭的工讀生招募情報。

（美術展的小幫手怎麼樣呢……？）

這是只在企畫展覽舉辦期間徵人的短期打工。這樣的話，感覺也比較容易上手。在燈里看著布告欄沉思時，「咦？」一名從大廳走過的男學生停下腳步。

「燈里。」

「你好，風見學長。」

看到燈里朝自己一鞠躬，男學生帶著笑容走到她身邊。

他叫作風見光一，是主修雕刻的學長。

「妳想打工嗎？」

「我還在找適合的工作……」

「是嗎……這樣的話，我知道一份非常適合妳的工作喔。」

光一以手抵著下巴，將視線移往燈里身上。

「要試試看嗎？」

然後他笑著這麼問道。

將用餐區的餐具收拾完畢後，蒼太返回吧檯前，結果看到美紀雙手抱胸，臉上還露出前所未見的嚴肅神情。

這種情況下，如果不小心跟她扯上關係，絕不會有什麼好事發生。現在還是不要跟她搭話比較好。

「我去打掃廁所好了……」

這麼輕聲自言自語後，蒼太轉身準備離開吧檯，卻隨即聽到呼喚聲：「望月。」

「…………什麼事？」

心一驚的蒼太轉頭詢問。

「最近都沒看到燈里美眉上門……你們終究還是分手了嗎？」

「我們才沒有分手！請妳別說這種觸楣頭的話啦。」

接著，蒼太不禁又繃起臉叨唸一句：「我就知道沒好事……」

（不過……這麼說來，燈里美眉最近確實都沒來呢……）

以前，燈里原本一星期會造訪這間咖啡廳三次左右，但自從進入十月至今，都還不曾看她出現過。

而且，她回訊息的速度也變慢了。到底是怎麼一回事呢——蒼太突然覺得有些不安。

「噯，望月。雖然這件事可能會讓你大受打擊，但你還是冷靜聽我說吧。」

「不。我不想聽。」

正當蒼太打算以手掩耳時，美紀一把揪住了他的兩隻手腕。看樣子，她恐怕就是要強迫他聽吧。

「那是上星期日發生的事情。我去參加某齣恐怖片的應援場（註：在觀影時開放觀眾恣意喧譁、吐嘈的電影場次）……」

「恐怖片的應援場？」

「在回家路上，目睹了那一幕！」

因為美紀突然提高音量，蒼太嚇得雙肩一震。

雖然不想聽，但他有點在意接下來的發展。

「妳……妳目睹了什麼？」

蒼太以僵硬的表情戰戰兢兢地這麼問之後，美紀的一張臉瞬間逼近他。

「那個人……確實是燈里美眉沒錯。」

她的說話語氣，完全變成說鬼故事時那種故弄玄虛的感覺。再加上美紀本身的演技十分精湛，因此更讓人覺得可怕。

「所以……？」

燈里會外出是很正常的事，沒什麼值得驚訝的。

不過，要是她也去看了恐怖片的應援場，倒是讓蒼太有些意外——

「她跟一個帥哥在一起呢……」

美紀壓低音量這麼說。

她的這句話，讓蒼太在原地石化了十秒之久。

之後，「啥～！」他大聲嚷嚷出來。

「妳說燈里美眉她？」

「沒錯，就是那個清秀佳人燈里美眉。她身旁的那個男人，是個感覺臉蛋會受女孩子青睞的暖男呢。」

蒼太沉默下來，臉色也變得慘白。

「望月，你沒事吧？我會攬住你的，你放心暈倒吧。」

說著，美紀又喊了一聲：「好，來吧！」然後敞開雙臂。

蒼太無視這樣的她，搖搖晃晃地將雙手撐在吧檯桌面上。

（燈里美眉她……燈里美眉她……！）

燈里和來路不明的男孩子有說有笑地走在一起的模樣，浮現在蒼太的腦海中。

為了擺脫這樣的妄想，他猛力甩甩頭。

（燈里美眉絕對不可能對其他男孩子移情別戀啦！）

（可是，比我更帥氣的人滿街都是。我會不會是不小心做錯什麼……所以讓燈里美眉失望了啊？）

（不不不，她之前還特地替我慶祝生日耶……要是她討厭我了，怎麼可能還會做這種事呢！）

「不然，是為什麼啊！」

蒼太不禁這麼開口。

（啊！對了，對方一定是燈里美眉的哥哥啦！呃，不對，她只有姊姊而已啊！也可能是親戚的哥哥吧……又或者只是幫向她問路的人帶路而已？）

（八成是這樣沒錯。可不能太過相信學姊的情報。這個人就只是想找樂子而已啦！）

（對方到底是誰啊——燈里美眉——！）

蒼太以雙手抱頭，發出「唔～」的呻吟聲。

「望月……你的臉現在看起來像是畫得很糟糕的抽象畫喔。」

美紀雙手抱胸，帶著一臉擔心的表情這麼說。

下一刻，蒼太猛然抬起頭望向她。

「學姊！妳是在哪裡……看到他們的？」

打工結束後，蒼太隨即搭上電車，然後提前一個車站下車。

根據美紀表示，她是在這個車站附近看到燈里。

車站外頭有好幾間並排的書店。

他戴上眼鏡、躲在自動販賣機陰影處的模樣，看起來一定相當可疑吧。

「應該至少要多戴一頂帽子過來才對……」

蒼太倚著自動販賣機的側面嘆了一口氣，然後掏出手機。

『妳今天有空嗎？要不要見個面？』

『對不起，我今天有事，所以沒辦法。』

他發送給燈里的訊息，最後得到這樣的回應。

（真的……不是因為她已經對我感到厭煩了吧？）

一定是有什麼其他理由。

雖說兩人是男女朋友，但每個人多少都有自己的狀況或問題，不可能一切都向對方坦承。

等到可以說出口的時候，燈里想必會告訴他。所以，在那之前，他必須相信她，然後耐心等待。

儘管腦中理智的部分這麼想，但聽到對方是個帥哥，實在讓蒼太感到坐立不安。

（而且燈里美眉本來就很受男生歡迎……）

高中時，想向她告白的男孩子多到可以排成一條長長的人龍。在升上大學後，這樣的愛慕者應該只會愈變愈多而已吧。

（從以前就像天使那樣迷人的她……這陣子感覺經常露出開心的表情，變得愈來愈閃閃動人了啊～～！）

就算燈里本人沒有那個意思，恐怕還是會有一個接一個的男孩子對她展開追求行動。

「這麼做是為了保護燈里美眉！」

蒼太輕聲這麼說，然後將雙手握拳。

或許是電車到站了，踏上歸途的學生們陸陸續續從驗票閘門內側走出來。

緊握著手機觀察的蒼太，這時慌忙別過臉去。

因為他看到了燈里。而且，一如美紀所言，她跟一名感覺個性開朗的青年走在一起。

雖然不知道在聊些什麼，但兩人看起來都很開心。

怕燈里發現自己，蒼太心驚膽跳地靜待兩人走過。這段期間，他的心臟怦怦狂跳個不停。

「不妙啊……」

蒼太以一隻手掩嘴，然後垂下頭。

（對方很帥氣呢…………！）

他原本打算，要是看到燈里表現出任何抗拒的反應，就要衝過去介入那兩人之間，但看起來似乎沒這回事。並肩同行的青年和燈里，看起來簡直美如畫。

（感覺我徹底輸了啊……）

看到那樣的傑出青年朝自己微笑，無論是誰，都會芳心蕩漾吧。

他的五官看起來跟時常被燈里當成素描題材的「石膏像」有幾分相似。

（燈里美眉該不會就是喜歡那類型的長相吧……！）

因為打擊過大，蒼太倚著自動販賣機緩緩癱坐下來。

這時，他緊握在手中的手機響起。他望向螢幕，發現美紀捎來了一則訊息。

『怎麼樣，望月？有看到燈里美眉嗎？』

這則訊息傳來的時間點，巧到甚至讓蒼太懷疑美紀是否躲在哪裡監視他。不對，或許說是不巧比較恰當？

『是有看到啦……』

『她有跟我說的那個帥哥在一起嗎？』

『跟那個帥哥在一起沒錯……』

蒼太沮喪地輸入這樣的訊息，然後傳送出去。

『好，你馬上開始跟蹤他們。』

「啥？」

看到美紀的指示，蒼太不禁這麼大喊出聲，剛好從旁經過的女高中生以詫異的表情望向他。

『沒辦法啦！該說我不想再被二次傷害了嗎……』

『你得鼓起勇氣確認事實才行！』

（一副事不關己的態度～～！）

蒼太轉頭，發現燈里和帥氣青年正走向人行道的拐彎處。繼續癱坐在原地的話，就會跟丟他們。

「啊啊，真是的！」

蒼太將手機塞進口袋裡，然後拔腿衝了出去。

被夕陽籠罩的靜謐住宅區，隱隱約約傳來一陣鋼琴聲。

蒼太躲在寫著「交通安全」幾個字的看板後方窺探情況。

燈里和帥氣青年並肩朝一棟有著純白外觀的民宅走去。那棟房舍外頭有一片打理得很美觀的花圃，車庫裡還停著一輛跑車。門口的名牌上寫著「風見」這個姓氏。

（怎麼辦啊………！）

蒼太抱頭在原地蹲下來。

在美紀慫恿下，他糊裡糊塗地一路跟蹤過來，卻壓根沒想到接下來該怎麼做。

他應該馬上出現在那兩人面前嗎？然而，他根本搞不清楚究竟是怎麼一回事。要是因為誤會而衝出去，很有可能讓燈里顏面盡失。

靜不下心的蒼太，在原地不斷重複坐下和起立的動作。

就在他猶豫不決的時候，那兩人走進了民宅裡頭。

狀況看起來不像是燈里陷入了危險。更何況，那棟民宅也不見得就是帥氣青年的家。這樣的話，有可能是兩個人一起造訪熟人的家。

因為太在意，他也無法就這樣離開。

是不是應該請教美紀，在這種狀況下，要採取什麼樣的行動才好？蒼太一瞬間湧現這種荒謬的想法，但又覺得自己不可能聽到有用的建議。

「對了，這種時候，就應該要聯絡優……！」

正要撥電話的時候，蒼太又咕噥一句：「還是不行！」而打消念頭。

現在是優當家教的時間。可不能因為這種事就撥電話打擾他。

「不然……找春輝吧！」

這麼想的下一刻，蒼太又沮喪地哀嚎：「但是有時差問題啊～～！」

（只能老實在這邊等了嗎……）

他嘆了一口氣，望向民宅大門。

養在院子裡的法國鬥牛犬，一邊吠叫一邊在大門外頭走來走去。

太陽下山，原本湛藍的天空也開始改變顏色。蒼太蹲在地上，眺望這樣的天色變化。

燈里踏進青年的家裡後，大概已經過了兩小時以上的時間。

或許是膩了吧，方才吠個不停的法國鬥牛犬，現在不知道跑哪裡去了。

蒼太愈來愈覺得自己很沒出息。

（我到底在幹嘛啊………）

要是遇到什麼困擾，燈里一定會聯絡他才對。

蒼太掏出手機檢查，確認燈里沒有捎來聯絡後，便從原地起身。

還是回去吧——

要是被燈里發現他躲在這裡，反而會更尷尬。

正準備踏出腳步的時候，「蒼太？」傳來燈里呼喚的聲音。

嚇了一大跳的蒼太轉頭，發現她正從那棟民宅走出來。

「燈……燈…………！」

「燈里，怎麼了嗎？」

剛才那名青年，比蒼太搶先一步輕喚燈里的名字，然後步出大門。

（他……他…………他叫她燈里？）

蒼太震驚得說不出話，只是震顫著喉頭「咕」了一聲。

「啊，風見學長……」

「你是誰？」

被燈里稱為風見學長的這名青年，對蒼太投以狐疑的眼光。

「咦，你……是大學附近那間咖啡廳的工讀生吧？」

「咦？啊，你這麼一說……………！」

近距離看到對方的長相後，蒼太認出他是常光顧店裡的客人之一。

「你怎麼會在這個地方？」

青年皺起眉頭。

蒼太無法對上燈里的視線。

我只是剛好經過這裡而已。

咦，燈里美眉？好巧喔，妳在這裡做什麼？

諸如此類的辯解接二連三浮現在蒼太腦中。

（不行，這些說法……感覺都超遜的啊！）

蒼太垂下頭，緊緊咬住下唇。

會一路追著燈里來到這裡，是因為他很擔心她。

這是真的。想到燈里可能發生什麼不測，他就覺得坐也不是、站也不是。

不過，蒼太自己也很清楚，這並不是他採取行動唯一的理由。

「那……那個，他是…………」

燈里有些困惑地開口。

這時，蒼太下定決心朝她走近，迅速拾起她的手。

「燈里是我的女朋友！」

他抬起頭這麼說之後，燈里吃驚得瞪大雙眼轉過頭來。

蒼太緊緊握住了這樣的她的手。

他幾乎是豁出去了。

他不想放開現在牽著的這隻手，也不願意把這隻手的主人讓給任何人。他竭盡力氣表現出這樣的想法。

那隻手輕輕回握了他的手。

蒼太吃驚地轉頭望向身旁，發現燈里滿臉通紅地垂著頭。

（我是在宣言什麼啦——！）

看到這樣的她，蒼太也跟著手足無措地羞紅了臉。

燈里會覺得害羞，也是理所當然的。

「啊……原來是這樣啊。」

朝燈里瞄了一眼後，青年有些尷尬地將手撫上後腦勺。

「你可能是有一些誤會吧？」

「我什麼都沒有誤會！」

蒼太連忙搖搖頭。

「燈里是受我母親之託，才會過來我家的。」

「咦，母親？」

蒼太再次吃驚地望向身旁。燈里朝這樣的他輕輕點頭。

「家母是在大學裡頭擔任講師的美術家……她最近接到一份工作委託，要繪製用來裝飾飯店大廳的畫作，所以委託燈里過來幫忙。」

「啊！……………原來是這麼一回事嗎。」

蒼太忍不住輕喃了一句：「太好了……」

下一刻，他覺得全身的力氣彷彿都被抽乾，幾乎要整個人無力地癱坐下來。

之所以沒有變成這樣，是因為他跟燈里一直牽著手。

原來真相根本沒什麼大不了。

自己大受打擊、還手足無措地一路跟蹤燈里到這裡來的行為，此時全都讓蒼太感到羞恥不已。

「不好意思……真的非常抱歉！」

蒼太用力朝青年一鞠躬。

「噢……不會……」

青年帶著苦笑輕輕揚起一隻手。

「既然有人來接妳，我今天就不送妳到車站嘍。」

「謝謝你，風見學長。」

燈里連忙抬起頭道謝。

「妳能來當小幫手，真的幫了我們很多忙喔。」

以爽朗的微笑這麼表示後，青年跟兩人說了一聲：「再見。」便推開家門入內。

（這個人不只長相帥氣，連個性都很爽朗呢……）

完全就是「傑出青年」的代表。他真希望自己能學學對方那種從容的態度。在蒼太這麼想的時候，青年突然停下腳步轉過身來。

「對了……你打工的那間咖啡廳，有一位戴著紅框眼鏡的女性對吧？」

「你是指河村學姊嗎？」

因為想不到其他人選，蒼太有些疑惑地歪過頭。

「她跟你念同一間大學嗎？」

「是的。」

「她……很迷人呢……」

這麼說的青年以一隻手掩住嘴巴，臉頰看起來也有些泛紅。

「…………咦？」

錯愕從蒼太的口中傾洩而出。

燈里和蒼太默默地並肩走在天色已經完全轉暗的路上。

（有夠丟臉的～～！）

回想起自己突然理直氣壯地宣言「燈里是我的女朋友！」的行為，蒼太就覺得羞恥到想鑽進地洞裡。

現在，要不是燈里還跟在身旁，他可能會躲到電線桿或自動販賣機的陰影處，獨自陷入後悔和煩惱的漩渦之中。

他的行為想必也讓燈里感到相當難為情。

光是她遲遲沒有甩開自己的手，就讓蒼太感到很不可思議了。

從剛才開始，她就一直一語不發。

（燈里美眉是不是在生氣啊……？）

蒼太有些擔心地望向身旁。

這時，原本低著頭走路的燈里剛好抬起頭來，他連忙匆匆移開視線。

「那個…………抱歉，燈里美眉…………」

雖然覺得有義務好好向燈里說明原委，但蒼太說話的音量，卻細微到連他自己都覺得很丟臉。

「因為我實在很在意，所以就……！」

說著，蒼太朝燈里一鞠躬，又補上一句：「真的很抱歉！」

路燈照亮了停下腳步的兩人身影。

「蒼太。」

聽到燈里的呼喚聲，蒼太緩緩抬起頭。

「聽到你說我是你的女朋友，我覺得很開心……」

雙頰微微泛紅的燈里，帶著羞澀的微笑這麼表示。

蒼太忍不住直直盯著她的臉。

「……………真的嗎？」

輕聲這麼詢問後，燈里以「嗯」回應他。

（我明明老是讓她看到自己沒出息的一面……）

燈里卻仍然願意這麼對他說。光是這樣，就讓蒼太的胸口湧現一股暖潮。

「太好了……」

鬆了一口氣的他，忍不住開心地這麼說。

「可是……我原本想先說出口的呢。」

「咦？」

燈里的手指以帶著幾分顧慮的動作，和他十指交握。

她的雙眼透出有些淘氣的燦爛光芒。

「那個，燈里美眉？妳剛剛那句話的意思……」

「對了，蒼太，要不要去吃個蛋糕再回家呢？車站附近有間店的蛋糕很美味喔。」

「啊！嗯，當然！」

聽到蒼太的回應，燈里露出開心的笑容，拉著他的手往前走。

十二月——

在太陽完全西沉、天色也因此轉暗後，煙火開始在夜空中綻放。

到了花車遊行的時間，大量的遊客聚集在遊行路線旁觀看。

遊樂園的吉祥物們站在以霓虹燈和螢光燈管裝飾的車輛上方，配合園內廣播的曲子跳舞。熱鬧的音樂和遊客們興奮的歡呼充斥著這一帶。

「要開始了，蒼太！」

「啊！等等我。」

被燈里拉著手前進的蒼太，踩著踉蹌的腳步，用另一隻手按住頭上的兔耳頭飾。前方的燈里則是戴著貓耳頭飾。

兩人一起來到花車旁。吉祥物們的歌唱和舞蹈表演、再加上燈光特效，讓人看得目不轉睛。

專注地觀看表演的燈里，一雙眸子裡浮現不斷搖曳的璀璨光芒。

比起花車，這樣的她的側臉更讓人不自覺看得入迷。

「燈里美眉。今年生日，妳有沒有想去什麼地方？只要是妳喜歡的地方，無論是哪裡，我都會帶妳去。」

在約莫兩個星期前的某天，蒼太下定決心這麼詢問燈里。

最後，她給出來的答案，是這間遊樂園。

（我原本也有打算帶她去旅行，不過……）

看著燈里開心的表情，蒼太忍不住浮現「這樣或許就好了吧」的想法。這是他第一次看見燈里如此活潑興奮的模樣。

踏進遊樂園之後，燈里便一隻手拿著園內導覽，另一隻手拉著蒼太直奔各個遊樂設施的所在處。她似乎在前一天就已經確實擬定玩樂計畫。

兩人到餐廳和咖啡廳稍作休憩，順便品嚐了裡頭的義大利麵和甜點，也拍了很多照片。動物頭飾是途中經過商店時買下來的。

蒼太將一隻手插進大衣口袋裡，視線落在燈里看起來很冰冷的雙手上。

今天一整天，她都沒有戴手套。她將雙手在自己的臉前合十。

為眼前這片景色感動嘆息的她，呼出來的氣息也是白茫茫的。

「……會不會冷？」

「嗯，不會……因為很開心。」

蒼太拾起燈里的手，發現她的手冰冷不已。緊張的情緒從她的指尖傳來。

「………你的手也很冰呢，蒼太。」

「我忘記戴手套來了。」

「我也是。」

其實，是因為想牽起對方的手——

四目相接後，兩人靦腆地一起笑出來。

現在，應該是交給她的好機會吧。

這麼想的蒼太，以插進口袋裡的那隻手握住小盒子，然後輕輕吸氣和吐氣。

「那個，燈里美眉！」

蒼太下定決心這麼呼喚後，燈里抬起頭望向他。

此刻，蒼太感覺心跳劇烈到幾乎隱隱作痛的程度。

「生日快樂！」

說著，蒼太從口袋裡掏出精巧的禮物盒，將它放在燈里的掌心上。

儘管滿臉通紅，他仍以自己的掌心一起包覆住燈里的手和禮物。

「…………謝謝妳出生在這個世界上。」

輕聲這麼說之後，他害羞地笑了笑，然後慢慢鬆開燈里的手。

燈里先是望向手中的禮盒，接著又抬起雙眼望向蒼太。

「…………我可以猜猜裡頭是什麼嗎？」

嫣然一笑的她，雙眼因為期待而閃閃發亮。

「可以的話，請妳晚點再拆吧！」

要是燈里現場拆開那個禮物，總覺得他會害羞到極點。

「嗯——我猜是對戒！」

燈里閉著雙眼這麼預言，然後鬆開盒子外頭的緞帶。

「哇！這樣就不算驚喜……！」

在手足無措的蒼太面前，禮物盒被打開了。

看到並排在裡頭的兩只戒指，燈里先是瞪大雙眼，接著露出一臉開心的表情。

蒼太忍不住以單手掩面。

「為什麼……會被拆穿啊……」

正想嘆氣的時候，燈里的肩膀「咚」一聲靠上他的身體。

「看到禮物的時候，我就在想應該會是戒指。」

燈里露出壞心眼的笑容這麼說。

從禮物外盒的大小，感覺可以輕鬆推敲出裡頭的內容物是戒指。

「我應該要選猜不到裡頭裝著什麼的禮物才對呢。」

「不，我喜歡這個。」

說著，燈里以雙手小心翼翼地包覆住禮物盒。

「這樣啊……那麼……我準備的這個驚喜，算是很成功了吧？」

蒼太瞇起雙眼，拾起燈里的手，緩緩為她套上戒指。

另一只戒指，則是由燈里為蒼太套上。兩人將掌心貼在一起，然後十指緊扣。

「來這個遊樂園玩……一直是我的心願呢。」

燈里微笑著這麼說。

「所以，我希望能跟你一起來……」

（噢，原來是這樣啊……）

儘管天氣很冷，胸口深處和相繫的手卻溫暖不已。

（我真的好幸福啊……）

想到燈里選擇自己作為共度這個重要日子的對象，蒼太就覺得好開心。

「明年也讓我幫妳慶祝生日吧。」

「就算很忙也要慶祝，就這麼約好嘍。」

蒼太握著燈里的手，以「那當然」回應她。

「蒼太，禮物還不夠喲。」

「……咦？」

HAPPY BIRTHDAY——

（謝謝妳這麼真心對我……）

尾聲

七月第一個星期天，夏樹造訪了位於商店街的某間唱片行。

她一邊聽著店內播放的歌曲，一邊確認架上的商品，發現了自己要找的那片ＣＤ。

「太好了～！」

那是附特典的初回限定版。她隨即拿起那張ＣＤ，朝收銀台走去。

「請幫我包裝起來！」

這麼委託店員後，她掏錢結帳，然後在一旁等待。

因為只是用禮物袋裝起來，再貼上一張貼紙的簡易包裝，她並沒有等太久。

接過ＣＤ後，夏樹走出唱片行。今天是假日，商店街滿是出來逛街的人潮。

（不知道優會不會開心……）

她以裝著ＣＤ的禮物袋遮掩忍不住上揚的嘴角。

這是優喜歡的某個樂團推出的新專輯。因為今天才剛發行，他應該還沒去買。之前若無其事地試著套話後，夏樹也得知了他並沒有提前預購這張專輯。

她把禮物袋塞進包包裡，接著開始咕噥：「蛋糕要怎麼辦呢～」

走著走著，夏樹在自己常跟燈里、美櫻一起造訪的法式烘焙坊外頭停下腳步。

店門口放著貼上了蛋糕照片的看板。

（雖然很想自己親手做，可是……我畢竟不想失敗嘛！）

夏樹雙手抱胸沉思起來。

以各式各樣的水果裝飾的蛋糕，光看就令人垂涎三尺。

（不過，優感覺喜歡樸素一點的蛋糕呢……換作是我的話，絕對會選擇上頭有著滿滿水果的蛋糕就是了。）

一臉認真地煩惱了片刻後，夏樹輕喃一聲：「還是自己做吧！」然後快步從法式烘焙坊外頭離開。

（重要的是心意啊！至於味道……算是其次吧？）

「對了，去向美櫻請教蛋糕的做法好了。」

美櫻以前做給她吃的那款檸檬戚風蛋糕，嚐起來既清爽又美味。如果是那樣的蛋糕，優想必也會喜歡吧。

為了避免在正式製作時出錯，她必須多練習幾次，還得買烤戚風蛋糕用的蛋糕膜。優平日總是對她照顧有加，在這種時候，她可得竭盡所能表達自己的感謝才行。

（而且，去年夏天他也很辛苦嘛～）

夏樹回想起兩人為了見春輝而遠赴美國一事。

想起優在雨中到處找她，最後還到咖啡廳來接她回去，夏樹的臉上就不禁浮現笑意。

（我真的一直讓他為我操心耶……）

高三那年的夏日慶典時也是如此。

跟燈里、美櫻、春輝、蒼太和優一起行動的那天，夏樹也因為不自覺被攤販的美食香氣吸引，結果跟大家走散了。

「夏樹！」

發現有人揪住自己的肩膀，夏樹轉過頭，優帶著一臉焦急表情出現在她面前。

不知道是因為找到她而鬆了一口氣，或是為她悠哉大啖章魚燒的模樣感到無力，優重重吐出一口氣，然後將自己的額頭靠上她的。

「別自己擅自跑掉啦。」

優的嗓音，以及在極近距離之下盯著自己看的那雙眸子，全都溫柔無比，讓夏樹頓時有種不知所措的焦急感，心跳也跟著加速。

那是她察覺到自己喜歡優，卻又想和他維持青梅竹馬的關係，於是在這兩種心情之間搖擺不定的時期——

她永遠不會忘記在那個夏日慶典的晚上，大家一起眺望的美麗煙火。

為夜空染上絢麗色彩的煙火，以及一個傳入耳中的細微嗓音。

「下次到更近的地方看吧。」

這麼說的春輝，之後就到美國去了，所以這個約定遲遲未能兌現。

「希望大家能再找機會聚聚呢。」

離開商店街，來到外頭的大馬路後，耀眼的陽光從上方灑落。

夏樹瞇起雙眼仰望天空，然後帶著笑容踏出步伐。

到時候，希望能像以前那樣——

The end

Honey Works
成員留言板！

Gom

意識到了嗎？

呵呵呵…

Gom

shito

感謝將《東京 Summer Session》

小說化的企畫!!

這個夏天的故事將點燃你的熱情。

Shito

ヤマコ

非常感謝小說化的企畫!!
《東京 Summer Session》
逐漸改變的環境、以及全新的生活。
儘管如此，這六個人的心意和感情
仍和高中時期沒有兩樣。如果大家
也能感受到這一點，我會很開心的!!
ヤマコ

モゲラッタ

恭喜《東京 Summer Session》出版！
因為登場人物很多，原本猶豫該畫誰，最後選了這兩人。
總有一天，他們會發展成互贈杯子蛋糕
和花束的關係吧～～可惡～～!!
我懷著這樣的心情畫下這張。
算是我妄想之下的產物吧。
モゲラッタ

支援成員

Oji

事發突然真sorry.
感謝你讀了本書!!

Gt. oji

ziro

去參加煙火大會時
請務必兩個人以上前往。
一個人去會後悔莫及。

ziro

Atsuyuki

青春的延續。
怦然心動的感覺
無法停止!

Atsuyuki

中西

在《東京 Summer Session》發表之後,
Haniwa 工作團隊的大家一起去
泡了溫泉,是一段很美好的回憶。
夏樹等人也已經是成年人了呢~

Gt 中西

宇都 圭輝

恭喜新書上市!
我二十歲的時候,還沒有自己已經晉升
成年人一族的實際感受,為了「自己
所能夠做的事是什麼」而煩惱不已呢!
請各位成長為很棒的大人吧♪

cake

Who's next?

反派千金轉職成超級兄控 1~3 待續

Kadokawa Fantastic Novels

作者：浜千鳥　插畫：八美☆わん

為了替兄長慶祝，優雅且冷酷的宴會即將展開——

暑假將至，葉卡堤琳娜與阿列克謝打算回到公爵領地，屆時將舉辦慶祝兄長繼承爵位，也是葉卡堤琳娜首次亮相的慶宴。然而公爵領地至今仍瀰漫著祖母遺留的黑暗面，更有傲慢無禮的分家和螺旋捲反派千金……！凡輕蔑兄長大人者，概不輕饒！

各NT$200/HK$67

三角的距離無限趨近零 1~6 待續

Kadokawa Fantastic Novels

作者：岬鷺宮　插畫：Hiten

我愛上的那個女孩體內住著兩個靈魂——
與雙重人格少女譜出的三角戀愛故事。

秋玻與春珂人格對調的時間再次開始縮短。我能跟她們兩人在一起的寶貴時光，以及雙重人格都要結束了。然而，為了我自己，也為了她們兩人……我還是要做出抉擇。不久後，我在她們兩人身後隱約見到的「那女孩」是——

各 **NT$200~220/HK$67~73**

刮掉鬍子的我與撿到的女高中生 1~5（完）

Kadokawa Fantastic Novels

作者：しめさば　插畫：ぶーた

「吉田先生，能遇見你這位有鬍渣的上班族實在太好了。」
上班族與女高中生的同居戀愛喜劇，堂堂完結！

吉田和沙優前往北海道，意味著稍稍延後的別離已然到來。在那之前，沙優表示「想順便經過高中」——導致她無法當個普通女高中生的事發現場。沙優終於要面對讓她不惜蹺家，一直避免正視的往事。而為了推動沙優前進，吉田爬上夜晚學校的階梯……

各 **NT$200~250/HK$67~83**

男女之間存在純友情嗎？（不，不存在！）1 待續

Kadokawa Fantastic Novels

作者：七菜なな　插畫：Parum

討論度破表！
摯友以上，戀人未滿的青春戀愛喜劇！

至今還沒談過初戀的High咖女子犬塚日葵，以及熱愛花卉的植物男子夏目悠宇，就算升上高二，還是一樣在只有兩人的園藝社中當著摯友。然而，悠宇跟初戀對象重逢，使得兩人間的關係開始失控？究竟「懂得戀慕之心」的日葵，能否擺脫「理想摯友」身分？

NT$240/HK$80

國家圖書館出版品預行編目資料

告白預演系列．13，東京Summer Session/
HoneyWorks原案；香坂茉里作；咖比獸譯. -- 初
版. -- 臺北市：臺灣角川股份有限公司, 2022.03
面；　公分. -- (Kadokawa fantastic novels)
譯自：告白予行練習. 東京サマーセッション
ISBN 978-626-321-279-4(平裝)

861.59　　111000484

Kadokawa
Fantastic
Novels

告白預演系列13

東京Summer Session

（原著名：告白予行練習 東京サマーセッション）

2022年3月21日　初版第1刷發行

原　案：HoneyWorks
作　者：香坂茉里
插　畫：ヤマコ
譯　者：咖比獸

發行人：岩崎剛人
總編輯：蔡佩芬
副主編：林秀儒
美術設計：宋芳茹
印　務：李明修（主任）、張加恩（主任）、張凱棋

發行所：台灣角川股份有限公司
地　址：104台北市中山區松江路223號3樓
電　話：（02）2515-3000
傳　真：（02）2515-0033
網　址：www.kadokawa.com.tw
劃撥帳戶：台灣角川股份有限公司
劃撥帳號：19487412
法律顧問：有澤法律事務所
製　版：尚騰印刷事業有限公司
ISBN：978-626-321-279-4